# 新・入り婿侍商い帖

## お波津の婿（一）

千野隆司

角川文庫
23229

目次

第一話　火の玉の船　五
第二話　旗本と商人　九六
第三話　農家の倉庫　一八五

主な登場人物

**善太郎**　角次郎の息子。角次郎より家督を譲られ、五月女家の当主になるが、隠居して縁戚の昌三郎に家督を譲る。羽前屋に入り婿する。

**お稲**　羽前屋の跡取り娘。火事で両親を亡くし、お万季が母親代わりとなった。善太郎と結ばれ、お珠をもうける。

**角次郎**　米問屋・大黒屋の主人。旗本五月女家の次男だったが、入り婿した。兄・角太郎が殺された事件をうけ、一度実家に戻り勘定組頭となったが、事件を解決し再び大黒屋へ。

**お万季**　角次郎の妻。書の天稟がある。

**お波津**　角次郎の娘。善太郎の妹で、大黒屋の跡取り。

**銀次郎**　日本橋高砂町の米問屋・打越屋の次男。変わり者で知られ、大黒屋に修業に来ていたが、兄の死を機に打越屋へ戻った。

**茂助**　羽前屋の手代。もとは御家人の生まれで東軍流の柔術の心得がある。

**嶋津惣右介**　南町奉行所の定町廻り同心。角次郎とは共に赤石道場へ通った剣友同士。

# 第一話　火の玉の船

一

新米の米俵を満載した荷船が、両国橋を潜って川下へ進んで行く。荒川を下って来て、江戸へ着いたところらしい。沈み始めた夕日が、その船体を照らした。二百石船といったところだ。

天領や大名旗本家の年貢米が、江戸に運ばれてきている。それらの残り米も、江戸の商人の手によって運ばれてくるようになった。

九月二十七日。文化十三年（一八一六）九月は小の月で、今日を入れて三日が過ぎると、十月になる。

ここしばらくは、江戸の船着場は新米の到着で賑やかになる。町の者たちは、新米の到着を喜んだ。新米は俵の色が古米と異なる。鮮やかな稲藁の色が、見ている者の気持ちを掻き立てた。

不作の年は、物の値が上がる。次々に到着する米俵は、町の者たちの暮らしを穏やかにする証と感じさせた。

今年は秋になって疫病が流行り、飛蝗の害があって、おまけに収穫前には野分の嵐に襲われた。どうなるかと案じられたが、それなりの量の新米が運ばれてきていた。

米価は例年よりも高値だが、それは仕方がないところだ。

深川今川町の米問屋羽前屋の主人善太郎は、手代の茂助を伴って、両国橋東袂下の船着場に立っていた。下総関宿に向かう六斎船が出航するのを待っている。商人や百姓ふう、そして侍の姿もあった。

六斎船は、荷を運ぶわけではない。乗船料を取って人を乗せ、関宿まで向かう。川の流れにもよるが、おおむね明日の正午あたりには目的地に着く。船中で眠り、歩かずに関宿まで行けるわけだから、この船を使う者は多かった。

「久之助さんは、関宿でお待ちかねでしょうね」

船着場から船が出ると、すぐに小名木川に入る。そこで茂助が善太郎に言った。

西空には、赤黒い残照が見えるばかりだ。

久之助は、羽前屋の仕入れを受け持つ一番番頭だ。半月前に先発して、仕入れの村々を廻って、最終的な受け入れ量を確認していた。災害があったから昨年並みとはいかないが、納得のゆく量になっていた。

仕入れ先は利根川や思川流域にあり、米は関宿に集められる。その最終の打ち合わせと輸送船の調達のために、善太郎は江戸から出てきた。

今後の付き合いもあるので、船問屋の主人とも顔合わせをしておかなくてはならなかった。

善太郎は昨年の末まで、家禄三百五十石の旗本五月女家の当主だった。けれども羽前屋の一人娘お稲と祝言を挙げて、隠居という形で五月女家の家督を譲って米商いの世界に身を投じた。

羽前屋の主人になって、初めての新米の仕入れだった。

元旗本とはいっても、善太郎は本所元町の米問屋大黒屋の倅として生まれた。子どもの頃は、米屋を継ぐつもりで過ごした。

米商いには、関心を持っていた。お稲と祝言を挙げ、婿として商いに加わることに不満はなかった。勘定方に出仕していたから、算盤や帳付けは手慣れたものだった。

　善太郎の父角次郎は、五月女家の次男に生まれた。当時は間口二間半だった舂米屋の大黒屋へ婿に入った。そして今では店舗も広げ、年七千俵以上を商う大店の米問屋にした。

　角次郎と善太郎は、親子二代にわたって武家から米商いの家の婿になったのである。善太郎が羽前屋に婿入るに当たってはいろいろあったが、今はそれを笑って話せるようになった。

　お珠という娘も生まれた。

　また角次郎は、善太郎が跡を継ぐよりずっと前から、今は亡き羽前屋の先代恒右衛門と、長きにわたって商いの面で手を携えてきた。二つの店の商い高を合わせると、一万二千俵を超える。本所深川の米商いの者ならば、知らない者のない店になった。

　さらに二つの店では、資金を出し合って浅草瓦町に札差羽黒屋を置いていた。大名の年貢米である藩米、その年貢の残りとして仕入れた商人米、そして幕府米を扱う札差を持ったことで、大黒屋と羽前屋は、安定した仕入れができる店となった。少々の不作では、びくともしない。

善太郎はその羽前屋を守り、さらに大きくしてゆく決意だった。

「十月になれば、直参への切米がありますね」

「うむ。ぼやぼやしてはいられない。関宿での用が済んだならば、すぐに戻らなくてはなるまい」

切米は、直参の給与に当たる禄米の支給をいう。札差は札旦那と呼ばれる出入りの直参の禄米を、御米蔵から代理受領をして換金する。この手数料が、札差の利益になった。

札差は直参に、将来の禄米を担保にして有利で金を貸すが、米の代理受領が本来の役目だったから、ここは慎重に行った。

羽黒屋の主人は角次郎だが、善太郎はそれに次ぐ立場なので、もろもろの指図を行わなくてはならない。

六斎船は、小名木川から中川御番所前を経て、新川（行徳川）へと進んで行く。善太郎と茂助は、お稲が拵えてくれた握り飯を食べた。これが晩飯だ。同船の者たちは、酒を飲んでいる者もいるが、徐々に眠りに落ちていった。客たちがいる場所は雨でも困らぬように、幌で覆われている。

昨日までは雨が降っていて、水嵩が増していた。船の揺れは、心地よい程度だった。善太郎は何度も関宿へは行っているので、船がどのあたりを進んでいるか大まかな見当はついた。

腹がくちくなった善太郎も、いつの間にか眠りに落ちた。

「ううう っ」

女の嗄れ声を聞いて、善太郎は目を覚ました。眠りに落ちて、どれほどときが経ったかは分からない。半間ほどのところで寝ている町人の婆さんが、悪い夢でも見たのかもしれなかった。

善太郎と周辺にいた数人は目を覚まさせられたが、婆さんはそのまま眠っている。

「ここはどのあたりか」

起き上がった善太郎は、船首にいた船頭に問いかけた。

「野田河岸の手前ですぜ」

船頭は答えた。善太郎は右岸に目をやるが、闇があるばかりで何かが見えるわけではなかった。

野田河岸では、何度も降りたことがある。河岸場からしばらく歩いたところにある村が、旗本五月女家の知行地だった。名主は忠左衛門といって、四十代前半の歳だ。代々名を継ぎ、角次郎は先代と当代の両方と昵懇だった。ここの米は、大黒屋が仕入れている。善太郎も幼少の頃と、五月女家にいた折には村へ行った。当代の忠左衛門とは、気楽に話ができる間柄だった。

目的の関宿へは、まだ距離がある。もうひと眠りしようとしたところで、川上から明かりが近づいてくるのに気がついた。

「何だ、あれは」

篝火(かがりび)でも提灯(ちょうちん)の明かりでもない。もっと大きな、火の玉のようなものだった。

「火の塊が、川を下ってくるみたいですね」

船頭も、不審の目を向けている。江戸川は何度も上り下りしているが、初めて見ると言い足した。

船上には、他にも気づいた者がいた。

「悪霊が現れたのか」

驚愕(きょうがく)の声を上げた者がいて、寝ていた者たちが目を覚ました。

「何だ。何事だ」

「あれだ。火の玉が下ってくる」

「おおっ、本当だ」

ほとんどの者が、目を覚ました。

「祟(たた)りだよ」

これは先ほどの婆さんだ。「なんまいだぶ」と唱えながら、両手をしきりにこすり合わせた。

「夢を見ているんじゃあねえか」

と口にした者もいる。

「夢でもねえし、火の玉でもねえ。ありゃあ船だ。千石船だ。船が燃えているんだ」

「ああ、本当だ」

火の塊が近づいてきて、正体が分かってきた。そこだけ昼間のような明るさになっている。

「消せねえのか。水はあるのに」

「この船からじゃあ、無理だ」

「ぶつからねえか。ぶつかって火の粉を浴びたら、こちらに燃え移るぞ」

「じょ、冗談じゃねえ。おりゃあ泳げねえんだ」

船内がざわついた。

「でえじょうぶだ。川幅があるから、船はぶつからねえ」

船頭が、動揺を抑えるように言った。

燃えたまま傾きかけた千石船が、善太郎たちの乗っている六斎船とすれ違った。

「まだあの船に人がいるようなら、助けたいですね」

茂助が言った。

善太郎は目を凝らして船上を見たが、人の気配はなかった。積まれているはずの荷も見えない。

「もう焼け死んだか、川に飛び込んだかしたのだろう」

六斎船から見ているだけでは、どうにもならなかった。

「悪い夢を見ているようだ」

誰かが漏らした。

夢ではない。事情は分からないが、大事件だった。捨て置くわけにはいかなかった。

「野田河岸へ知らせよう」

「おう」

善太郎の言葉に、船頭が応じた。

野田河岸の船着場には、篝火が灯(とも)されていた。人も集まっている。船が仕立てられているところだった。

「燃える船を見たぞ」

「おおっ、そうか」

船頭が叫ぶと、声が返ってきた。出航する船には龍吐水（りゅうどすい）が積まれているが、それが役に立つかどうかは分からなかった。

「船上に、人の姿は見えなかったぞ」

誰かが、それだけは伝えた。船はすれ違った。六斎船には、女や子ども、老人も乗っている。火消しに付き合うことはできなかった。

六斎船はそのまま進んだ。しかしもう、眠る者はいなかった。

「焼け死んだ者がいるに違いない」

「荷だって、積んでいたはずだぜ」

「積んでいた油に、火が移ったのかね」

思いつくことを、あれこれ話した。今しがた目にしたことに皆が気を昂（たかぶ）らせていた。船火事などめったに目にしない。しかも千石船だった。

「どこの船だ。何を積んでいたんだ」

輸送に関わる商人（あきんど）ならば、気になるところだ。

とはいえ六斎船は、無事に翌日の正午前に関宿に着いた。すでに関宿では、火の玉の船の話は評判になっていた。

「あんたら、見たのかね」

「ああ、見た見た。どでかい火の玉で、呑まれるかと思ったぜ」

そんな会話を交わしている。

船着場には、久之助が迎えに来ていた。

「何事もなくて、何よりでした」

今日来ることは分かっていたから、善太郎らを案じていたらしかった。目にした光景を、話してやった。

それから商いの話をした。羽前屋と大黒屋の新米はこれからで、昨晩の船火事の被害に遭ってはいなかった。船問屋の主人にも会った。輸送は問題なく行われる。集まりつつある米俵も検めた。

久之助の仕事は完璧だった。

一通りの打ち合わせが済んで船着場に戻ると、燃えた船のことがだいぶ分かってきた様子だった。

「燃えた船は、どうやら岩鼻陣屋が仕立てた、幸神丸という船ではないかと噂しています」

炎の船が野田河岸を通り過ぎた刻限から逆算すると、関宿を出た千石船はそれしかなかった。

「すると天領の米俵が積まれていたわけですね」

旅籠の番頭の言葉に、善太郎は驚きを交えて応えた。岩鼻陣屋は、利根川の支流烏川の左岸にあり、上野国八郡の内五万八千石あまりの天領を支配した。

燃えた幸神丸には、倉賀野あたりの年貢米が積まれていたと察せられた。千石船ならば、二千俵から二千五百俵程度は積める。

「では、切米にする米ですね」

話を聞いていた茂助が言った。

「そうだろう」

「困りますね」

「公儀は何とかするだろうが、損失は大きいな」

ともあれ善太郎は、関宿での羽前屋の用事を済ませた。一晩泊った翌早朝、善太郎と茂助は、久之助を残して関宿を出る荷船に乗って江戸へ向かった。

途中、野田河岸の下流で、焼け残った船が、川岸に繋げられているのを目にした。船尾が一部沈んでいたが、浅瀬なのですべてが沈まないで済んだ。

野田河岸で訊くと、この時点では船は年貢米を積んだ幸神丸だと確認されていた。役人らしい者たちが、焼け残った船体を検めている模様だった。

善太郎と茂助が乗った船は、その横を通って江戸川を下った。

二

暮れ六つ前、善太郎と茂助は江戸に着き、深川今川町の羽前屋へ戻った。

江戸でも、野田河岸近くで、天領の年貢米を積んだ千石船が燃えた一件については評判になっていた。河岸道で、仕事帰りらしい職人ふうが喋っていた。

「大船を包んだ火の玉は、悪霊の祟りだっていうじゃねえか」

「そういやあ、今年は疫病や飛蝗、水害とかいろいろあった。その続きかねえ」

「くわばらくわばら」

そんなやり取りが耳に入った。

敷居を跨ぐと、お稲や二番番頭の伊助らが案じ顔で待っていた。

「火の玉の船とすれ違って、火事のとばっちりを受けていないかと、気が気じゃなかったですよ」

お稲が言った。伊助が頷いている。

「行きに燃える船は見たが、火の粉は避けられた。仕入れた新米も無事だぞ」

それを聞いて、二人は安堵の表情になった。売り方を受け持つ伊助は、新米が届かなければ身動きできない。

「祟りや怨霊の仕業という読売が出ていて、それを信じる者が少なくありません」

お稲は、一枚の紙を差し出した。おどろおどろしく描かれた般若が、口から火を噴き、千石船が燃える絵が描かれていた。昨日の昼には売り出されたとか。

「ずいぶんと早いな」

「騒がれているうちに売って、儲けようという腹ではないですか」

伊助が言った。飛ぶように売れていたとか。

「祟りや怨霊といったものではあるまい。船には明かりにする油も載せる。千石船ならば、それなりの量を載せていただろう」

「何かの事情で、それらに火がついたのでしょうか」

お稲は善太郎の言葉に頷いた上で口にした。

油樽が転がり、船上に中身が流れ出て、それに火がついたというのはありそうだ。

川は常よりも水嵩は多く、流れも急だった。篝火が倒れれば、火はあっという間に広がる。

「米の値に、響くでしょうか」

伊助は、そこが気になるらしかった。二千俵以上の幕府の米が失われたことになる。

「ないとはいえないが、公儀はそれで、切米を減らすことはしないだろう。ご老中方は、威信や威光ということを第一に考えるからな」

「公儀が備えの米を回せば、市場に出る米の総量は変わりませんね」

伊助は己に言い聞かせるように言った。

「そういうことだ」

善太郎は短い間だったが、勘定方の組頭を務めた。公儀の考え方は、よく分かっていた。

「おう、達者にしていたか」

お珠が「とう」と言いながら傍へ寄ってきた。その後、少しばかりお珠と鞠を転がして遊んだ。

翌日善太郎は、大黒屋へ足を向けた。暦は十月になった。大黒屋にも、この日新米の最初の荷が届いていた。

一番番頭の直吉が帖付けをし、二番番頭の嘉助が荷受けの指図をしていた。急ぎの客には、早速小僧たちが届ける段取りになっている。

新米の初荷は、米問屋の空気を溌剌としたものに変える。

手代や小僧たちの動きには無駄がない。直吉や嘉助がきっちり仕込んでいるからだ。善太郎の母お万季や妹のお波津は、客対応をしている。二人はお愛想を言って客を笑わせるのなどお手のものだった。

善太郎はそれらを横目に見ながら、角次郎に関宿で目にした新米の入荷状況を伝え、札差羽黒屋で対応する切米について打ち合わせをした。

一息ついたところで、善太郎は大黒屋の者たちに、火の玉になった船を目撃した話をした。町中の評判になっているから、出来事の大まかなところは知っていたが、実際の現場を目にした者から話を聞くのは初めてだった。

固唾を呑んで話を聞いた。

「何かの手違いがあったのでしょうか。篝火が倒れて、俵に火がつくことがあるかもしれません」

これは直吉の意見だ。大黒屋には、怨霊とか祟りとかを口にする者はいなかった。

「事のあった翌日から今日まで、こんなにたくさんの読売が出ていますよ」

十数枚を出して見せた。東両国の広場で買ってきたそうな。ざっと目を通したが、そのほとんどは面白がって幽霊話にしていた。

「油が漏れて火がついたなどという、不慮の出来事としたものは少ないですね」

「そうだ。賊に襲われた恐れもあるとしたものが、一枚だけあった。しかし今は皆無だ」

「今日のは、祟りや怨霊だけです。おかしいですね」

冷静に考えれば、船頭や水主の不始末が原因の事故や、盗賊に襲われた事件だと考える方が自然だ。にもかかわらず、読売はそれには触れていない。

「なぜだと思う」

角次郎が問いかけてきた。

「襲われたとした読売は、いつ出たものでしょうか」

「江戸に伝わって、間もない頃だ」

それを聞いて、答えが出た。

「町奉行所の指図でございましょう」

賊に襲われた記事を、書かせないようにした。町奉行所が動いたのならば、公儀の指図ということになる。

「なぜ、そのようなことをするると思うのか」

「そうですね」

　善太郎は、技量を試されているような気がしてきた。しばし頭の中で状況を整理してから答えた。

「燃えた幸神丸は、公儀の用を足していました」

「そうだ。警護の直参も乗っていたであろうな」

「それが襲われ、火をつけられ、米を奪われたでは話になりません。ご公儀の威信や威光といったものが損なわれます」

　公儀が、最も重きを置く。

「そういうことだ」

　角次郎は、ため息を吐いた。

「では、ただでは済みませんね」

「もちろん、調べは綿密にしているだろう。怪しいとなったら、とことんやる。そして賊を捕らえる」

　下手人は厳しい詮議（せんぎ）の上、獄門は間違いない。

「探索は町奉行所ではなく、番方の大身旗本が命じられるだろう」

武官である番方は、戦闘要員だ。

「大捕物ですね」

善太郎は、驚きつつもどこか他人事のような気持ちで言った。命を落とした者は不憫だが、どうにもならない。羽前屋や大黒屋が関わる話ではなかった。

幸神丸の話が済んだところで、角次郎や直吉らは仕事に戻った。お波津も、台所へ行った。お万季と二人だけになったところで、善太郎はお波津の婿取りの話を聞いた。

お波津は善太郎の二つ歳下の十七歳だ。嫁に行っていい年頃だ。跡取りだった善太郎が家を出た以上、お波津の婿取りは、大黒屋にとっては何よりの大事件といっていい。

「何か、良い縁談がありましたか」

「まあね。知り合いの問屋の旦那さんからのものでね、悪くはないと思うんだが」

これまでも、縁談はいくつもあった。しかしお波津には、好いた者がいた。銀次郎という米問屋打越屋の次男坊で、大黒屋へ修業に来ていた。相愛でこれでまとまるかと思われたが、打越屋の跡取りだった兄が亡くなってしまった。

銀次郎は、婿には出られない身の上になってしまったのである。お波津も、嫁には行けない立場だった。

お波津も銀次郎も、別れる決意をした。銀次郎は打越屋へ戻って、祝言の相手も決まったと知らされた。お民という米問屋の娘だった。

銀次郎と話がまとまらなかったのは残念だが、仕方がないと善太郎も思っていた。お波津なりに、心のけじめをつけて決めたのである。

「京橋南紺屋町に戸川屋という米問屋があるのを知っているかい」

「ええ。屋号はよく耳にします。関東米穀三組問屋の株を持つ大店ですね」

関東米穀三組問屋は、江戸で商人米を扱う中心的な問屋の集まりで、この株を持っているだけで他の問屋とは別格の存在だとされた。戸川屋は一軒だけで、一万俵の商い高を誇ると聞いていた。

「蔦次郎さんといって、そこの次男坊ですよ。歳は二十一でね」

善太郎よりも、歳上だ。

「どんな人ですか」

「話を聞く限りでは、なかなかの評判でね」

「顔を見たのですか」

「仕事ぶりを、ちらと。しっかりやっていたけどね」

商家としての家格は向こうの方が上で、縁談としては申し分がない。口利きをしたのも、信頼のおける人物だった。

口ぶりからして、反対ではないらしい。とはいえ、決めたわけでもなかった。ともあれ善太郎の耳に入れておきたい、という気持ちらしかった。

「おとっつぁんとおっかさんの眼鏡に適えば、私はそれでかまいません」

お波津はそう言っている。

我慢をしているわけではなさそうだ。銀次郎とのことが終わって、こだわりがなくなった……。善太郎にはそう見えた。

三

大黒屋を出た角次郎は、善太郎やお波津と共に両国橋を西へ渡った。川上に目をやると、何棟も並んだ御米蔵の壮大な建物が目に飛び込んでくる。

入り堀には、何隻もの大型船が入津していた。

「天領からの米が、届いていますね」

「ああいうのを目にすると、幸神丸の二千俵なんて、どれほどでもないように見えます」

善太郎の言葉に、お波津が続けた。

「御米蔵には、四十万俵の米が納められる。切米も迫っているから、今が一番集まっているときだ」

角次郎が応じた。知行地を与えられない小旗本や御家人は、切米と呼ばれる給与の米を年に三度、二月と五月と十月に受け取る。刈入れが済んだ十月は、家禄の二分の一が支給された。

これで年を越す。身分の上下を問わず、蔵米取りの直参は、切米の日を楽しみにしていた。

自家消費の米を残して、後は換金する。それで様々な支払いを行う。掛け取りが屋敷へやって来る。直参も商家も一息つく。

だからこそ、札差の役目は大きかった。

羽黒屋では、番頭の六助と、自家米配送用の荷車と人足の手配を確認した。前に、米俵を奪われかけたことがあった。

「その日には、大黒屋と羽前屋からも人を出そう」

「お願いします」

万全を期す。

お波津は商い帖で、直参への払いの確認をする。お波津は大黒屋を継ぐ者として育てられたから、女だてらに帖付けもするし算盤も弾く。緻密だから、わずかな手落ちも見逃さない。

「ごめんなさいましよ」

そこへ角次郎を訪ねて、客がやって来た。直参ではない。切米が目前に迫ると、金を借りに来る直参は極めて少なくなる。同業の札差で、浅草天王町の井筒屋総左衛門という者だった。

四十代前半の歳で、角次郎とは親しい間柄の者だ。

店の奥に上がってもらう。茶菓を振舞い、まずは焼けた幸神丸の話をした。

「あの船で失われたのは、二千俵だそうです」

「大きいですな」

角次郎は応じた。予想した通りだ。

「お上は、何とかするでしょうがね。何者かに襲われたとの話も出ているようです」

井筒屋も、祟りや悪霊の仕業などとは思っていない。公儀は、新たに二千俵を確保した話を続けた。

「では、米価に関わりはありませんな」

「はい。今年はもともと高値でしたが」

井筒屋は応じた。そして話題を変えた。表情が、穏やかになった。

「お波津さんの婿選びも、いよいよ本腰を入れることになりますなあ」

「よい人がいたら、お口添えをください」

これぞと思う人物には告げている。今のところ、まずまずと思える相手は、蔦次郎だけだった。

とはいえ蔦次郎に満足しているわけではなかった。話を聞いてから、お万季と戸川屋まで様子を見に行った。堅実な者に見えたが、今一つ覇気を感じなかった。無気力なわけではない。大店の次男坊で、苦労をしていないということかもしれなかった。

「そこでですが、一人お薦めしたい者があるのですがね」

「ほう」

角次郎は、あえて関心があるといった顔で応じた。たとえ断るにしても、声掛けをしてくれた感謝の気持ちは伝えなくてはならない。内容によっては、話を進める。

井筒屋は、この話をするために訪ねてきたのだと察せられた。

ただ婿になる者は、商人として優れていればそれでいいとは思っていなかった。

お波津には、好いた相手がいながらもあきらめた経緯(いきさつ)があった。商いの面だけでなく、お波津が心を繋(つな)げられる相手であってほしいと願っていた。それはお万季も同じ気持ちだった。

お波津は、親の眼鏡に適えばいいと言っている。それは本音に違いないが、角次郎もお万季もそれではいけないと考えていた。この人ならば、という気持ちで添ってほしかった。

「どういう人ですか」

お波津は、帳場で商い帖を検(あらた)めている。顔を向けないが、耳では聞いているのではないかと考えながら、角次郎は話がしやすいように水を向けた。

「うちの手代の正吉(しょうきち)ですが、お判りでしょうか」

「さあ」

井筒屋へは何度も行っているので、番頭や手代の顔は頭に入っているつもりだったが、すぐには浮かばない。

「四角張った顔で、目は小さい。しかし節穴ではありませんよ。人をよく見ます。

体はずんぐりしていますが、丈夫です」

「ああ」

それで思い出した。歳は二十前後で、対談方で目を引く働きをしていた。対談方とは、客の直参と借金のやり取りをする役目の手代をいう。

札差は出入りの直参に、将来の年貢米を担保にして、利息を取って金を貸す。しかし三年先、五年先の禄米まで担保にして貸せと言われても、それは聞けない。切りがないからだ。しかし他に行く当てのない直参は、必死だ。

泣き落としで借りようとする者もいれば、脅して金を出させようとする者もいる。話は聞いてやりながらも、貸せないものは貸せないとはっきり断らなくてはならない。正吉はそれら手のかかる直参にも、適切な対応ができる者だと言っていた。

「帖付けや算盤も確かです」

「米の売買に関わったことは」

米が関わる商いでも、米問屋と札差では中身がまるで違う。

「あの者の実家は、舂米屋（つきごめや）です。私の遠縁の者で、出自は確かです」

外見は蔦次郎よりも劣りそうだが、話を聞く限りでは、商人（あきんど）として使えそうだった。井筒屋は、眼鏡に適わない者を薦めてはこないだろう。

「本人に、その気はあるのですね」

「もちろんです。跡取りなのですが弟もいるので、婿に出ることは厭いません。何でもやる覚悟です」

「なるほど」

もう一つ気になることがあった。確かめておく。

「正吉さんがいなくなると、井筒屋さんでは困りませんか」

いなくなって困らないような者ならば、大黒屋でもいらない。

「困りますよ。あれは使えますから。ただ正吉は、いつかは店を出て行きます」

井筒屋に骨を埋めるのではなく、修業に来た者だと付け足した。

「婿に出るならば、若いうちにというわけですね」

「そうです。それにうちにいたら、番頭までです。しかし婿に出れば、働き次第で主人になれます」

「本人がそう言いましたか」

「はい。はっきりしたやつです」

意気込みはありそうだった。傲慢だとは考えない。それくらいの覇気が、あってほしかった。

った。

「そうですねえ、考えてみましょう」

角次郎は、またお波津に目をやった。お波津に反応はないが、聞いているはずだ

「ならば切米が済んだ後、しばらく大黒屋さんに置いていただくのはいかがでしょう。米問屋の商いに慣れさせることもできますし、使い物にならないとなったらお返しいただけば結構です」

「分かりました。そういたしましょう」

大黒屋は困らない。井筒屋が引き揚げた後もお波津は商い帖の検めを続けた。

「商い帖に問題はありません」

検めが終わったお波津は、角次郎に結果を告げると、大黒屋へ帰って行った。正吉については、何も言わなかった。

四

お波津がいなくなったところで、善太郎はその婿選びについて角次郎と話をした。

「いきなり二人目の、婿になりそうな者が現れましたね」

「まあ、しばらく様子を見るしかあるまい」

銀次郎との間に決着がついて、話が具体的になった。その前にも話はあったが、角次郎とお万季が握り潰していたのを善太郎は知っている。

蔦次郎と正吉の話は、進んでいきそうな気配があった。そこで善太郎は申し出た。

「私なりに、二人について、それぞれ評判を聞いてみましょう」

善太郎にとっても可愛い妹の一大事だし、実家の大黒屋を背負うことになる者だった。

「そうだな。おまえがどう見るかも、聞いてみたいな」

角次郎は言った。

早速善太郎は、天王町へ足を向けた。御米蔵の向かいにある町で、鳥越橋の近くに店があった。御米蔵の聳えるような大きな建物の向こうから、荷運びの者たちの掛け声が聞こえた。

井筒屋は店を開けていて、米商いらしい町人が出入りをしていた。切米を仕入れる小売りの者たちだ。善太郎は店の中を覗いた。

正吉の顔を確かめた。耳にした外見が似ているのは、金を借りに来たらしい直参と対談をしている手代だった。見覚えがあった。

て、月代も伸びている。禄の少ない御家人だと推量できた。

　直参は大柄で肩幅もあり、体を鍛えている者だった。着物や袴はだいぶ疲れてい
　切米を目前にして金を借りに来るのは、よほど切羽詰まっているからに違いなかった。

「どうにもならぬのか。こちらは困っている。切米の分を、少し早めに出してもらうだけのことではないか」

　直参は声を荒らげていた。睨みつける眼差しで、体を前に乗り出している。威圧するような口調は、気の弱い者ならば返答ができなくなるだろう。

「切米までの少しの間でも、利息が乗ります。そうでなくとも五年先までの禄米が、担保になっています。これでは切米があっても、自家米さえ充分に受け取れなくなりますよ」

「ううっ。何を申すか。逃げ口上を申しおって」

　よほど追い詰められているのかもしれない。しかし五年先の禄米まで担保に入れていたら、これ以上の借り入れは無理だ。羽黒屋でも貸さない。それでも貸せというならば、御家人株を売ることも覚悟してもらわなくてはならなくなる。

　直参は初めから、気持ちを昂らせていた。それがさらに高まって、抑えがきかな

くなったのかもしれなかった。刀の柄に手を添えた。

貸さぬならば抜こうという勢いだ。

ただ事では済まない空気だ。店の者たちも、体を硬くしたのが分かった。

しかし正吉は、慌てなかった。顔を前に突き出した。

目と目の間が、三寸ほどの距離になった。

「いけません。それをお抜きになったら、御家は潰れます。ご直参が金子のために、札差の店で刀を抜いたことになります」

勢いのある声だった。怯んではいなかった。

「お、おのれっ」

直参は体を震わせた。しかし刀を抜くことはできなかった。正吉の一喝で、我に返ったのかもしれない。

逃げるように立ち去って行った。

「腹の据わったやつだな」

見ていた善太郎は呟いた。羽黒屋で使いたいくらいだった。

それから周辺の者に、正吉の評判を聞くことにした。まず行ったのは、木戸番小屋の番人からだ。

「ええ。井筒屋さんの正吉さんならば、存じていますよ」

「どんな人ですか」

「ぶっきら棒なところはありますが、けっして無礼ではありません」

ならば上出来だ。何か覚えていることがあるかと尋ねてみた。

「そうですねえ」

首を傾げしばらく考えてから言葉を続けた。

「町の幼い子どもが、通りで狂犬に嚙まれそうになったことがありました。大きな犬でしてね、嚙まれたらとんでもないことになったはずです」

「そこに正吉さんが居合わせたわけですね」

「はい。他にも大人はいましたが、涎を垂らした犬の異常さに恐れをなしていました」

見ていた番人も、動けなかった。

「正吉さんは、どうしたのですか」

「走り寄って、犬を蹴り上げました。素早かったですね。顎の奥に当たって。犬の体がすっ飛びました」

口から泡を吹いた犬が地べたに転がったとき、周囲にいた者たちは喚声を上げたとか。

他に蕎麦屋の親仁、近くの酒屋の手代、町内の札差の小僧などにも訊いた。皆悪くは言わなかった。

「好いた娘はいないのですか」

印判屋の女房には、これについても尋ねた。

「そりゃあいないでしょう。あの面相じゃあ。今は、商い一筋じゃあないですか」

遊んだという話は聞かないし、どこかで酒を飲んでいる姿を見かけたこともないという。

「まじめなのはいいが、でもねえ。何が面白くて暮らしているんだか」

商いだけの変わり者と見る者もいた。

井筒屋の小僧にも声をかけた。

「怒ると怖いですが、庇ってくれることもあります」

それから湯島にある、実家の舂米屋丸茂屋にも足を延ばした。間口二間半の店だ。小店ではあるが、客の出入りはあった。弟らしい若旦那が、客の対応をしていた。

近所の古着屋で、店番をしていた初老の女房に訊いた。

「あの子、ここにいたときから働き者でしたよ。でもねえ、かっとなると後先が見えなくなることがありました」

近くの悪餓鬼と喧嘩をして、大怪我をさせた。十三のときだ。それで修業という名目で、井筒屋へ出されたのだとか。

幼い頃から、喧嘩は多かったらしい。

それで直参と渡り合う胆力が養われたのならば、それはそれでよかった。

幼馴染だという、荒物屋の跡取りからも話を聞いた。正直に、縁談があるので訊きたいと伝えた。

「ちっぽけな実家の春米屋では、どうにもならない。大きな店で、大きな商いをしてみたいと言っていたことがありました」

その気持ちを、認める言い方だった。

「もししくじったら、どうすると」

「そのときはそのときだと、笑っていました」

今は、失うものが何もない。傲慢で野心家の一面もあるようだ。それは軽さにも通じるかもしれない。

正吉にとって大黒屋は、望みを叶えるには好都合な店なのかもしれない。しかしそれは、他人の褌だ。

次に善太郎は、京橋南紺屋町へ足を向けた。京橋川の南河岸に位置する町だ。繁華な町並みで、人通りも多かった。

鍛冶橋御門が近いので、武家の姿も目についた。

戸川屋は間口七間、店舗の脇に大きな米蔵を備えていた。目の前の京橋川には、専用の船着場を持っている。ここも新米の入荷中で、小僧や人足たちが掛け声を上げて荷運びをしていた。

木戸番小屋で聞くと、大店老舗が櫛比する中でも、五指に入る店だと告げられた。

近くまで行って、荷下ろしの様子を窺った。居合わせた近所の者に訊いて、商い帖を片手に、手代や小僧に指図をしている若旦那ふうが蔦次郎だと分かった。

歳は正吉よりもやや上だが、鼻筋の通ったうりざね顔で、なかなかの二枚目だった。手代が、何かを問いかけた。すると蔦次郎は、素早く自信をもって答えた。

一目見ただけで、やり手の商人という印象があった。

二軒間を置いた味噌醤油屋の番頭に問いかけた。

「まじめで、よくやっていますよ。次男坊でなければ、旦那さんも務まるんじゃあないですか」

悪くは言わない。その隣の扇子屋の手代も、同じようなことを口にした。

「酒は飲みますか」

「ええ、飲みますよ。私も一緒に飲んだことがあります。きれいな飲み方でしたよ」

扇子屋の手代は言った。問題を起こしたことは、ただの一度もないらしい。

「なかなかの男前ですね。あれだとこれまでに、いろいろな娘と何かあったんじゃあないですか」

「そうかもしれませんが、私は気がつきませんでした。婿の話は、あるかもしれませんけど」

扇子屋の手代だけでなく、醬油屋の番頭もそう口にした。

「非の打ちどころがないわけか」

善太郎は呟いた。出来すぎな印象があった。幼馴染を二人教えてもらい、そちらからも話を聞くことにした。

まずは袋物屋の若旦那だ。手土産を持って訪ねた。

「あいつの一つ違いの兄がなかなかやり手でね、あいつはいつもかなわない。そのせいか、うまくいっているときはいいんだが、しくじるとめげる」

「逆境に弱いわけですか」

「そうかもしれませんね。でもしばらくすると、立ち直ります。ただ立ち直るのに手間がかかることがあります」

言われてみれば、そうかもしれないという気がした。線の細そうなところが窺えた。

「好いて好かれたような相手は」

「二、三年前くらいにはあったと思いますが、今はどうでしょう」

あの男前ならば、何もない方がおかしい。ただまだ続いているならば、兄として引っかかる。

次は砥師(とぎし)をしている幼馴染を訪ねた。ここでも鄭重(ていちょう)に挨拶(あいさつ)をし、手土産を差し出した。

問いかけて返ってきた答えは、袋物屋の若旦那とほぼ同じだった。

「あいつは、小心なところがある」

「どんなところですか」

「そうだね」

子どもの頃は、蔦次郎を含めて、男の子どもたちは将棋を好んだ。隠居の爺(じい)さんの将棋盤を借りて指した。

「あいつは定石をきちんと踏んでいて、負けない。でもね、人が驚くような手は打てない」

こうくるだろうなという手を、いつも打ってきた。安全なところで終わらせてしまう。

「今は、どうだか分かりませんがね」

勝っても、鮮やかな一手はない。

聞き歩いて、参考にはなった。善太郎はそれらを、角次郎とお万季に伝えた。

## 五

十月の切米は、無事に済んだ。

幸神丸焼失によって二千俵を失った公儀だが、不足なく直参への切米を出すことができた。火の玉の船は一時江戸中を騒がせたが、公儀としては何事もなかったという対応だった。

羽黒屋にしても、今回は問題なく各直参への自家米輸送を終えられた。換金した米の代も、支払いを終えた。

金子を懐に、満足そうに引き上げる直参たちの姿を目にすると、角次郎は肩の荷が下りた気がする。しばらくは、金を借りる者は現れない。

札差としては、一番のんびりできるときだ。

翌日、角次郎とお万季がくつろいでいた大黒屋へ、南町奉行所の定町廻り同心嶋津惣右介が訪ねてきた。角次郎と嶋津は、下谷車坂にある直心影流赤石道場で、共に剣の修行を行った。同い歳の幼馴染であり剣友だった。

今は身分も境遇も変わったが、親しい付き合いは続いていた。用があってもなくても、折々嶋津は大黒屋へ顔出しをした。角次郎は様々な場面で助けてもらった。角次郎は下戸だが、嶋津は酒好きで、到来物の下り酒があると飲ませたり持ち帰らせたりした。

「切米が無事に済んだのは何よりだが、公儀のお偉方は、幸神丸の一件では驚き慌てたようだ」

嶋津は早速、この話題を切り出した。

「それはそうだろう。二千俵だからな」

「俵の数も多いが、それよりも公儀のお偉方にしてみると、天領の年貢米を積んだ船が襲われたことに怒りを感じている」

お偉方を、からから気配が口ぶりから感じられた。

「尊い御威光が損ねられたと受け取っているわけだな」

「そういうことだ」

嶋津は微禄だが、一応直参だ。しかし権威をかざす上の者を好きではなかった。

「けれどもどうして、襲撃だと決めつけたのだ」

こぼれた油に火がつくということも考えられる。俵の藁は燃えやすい。しかし嶋津の話では、公儀は事故と見做していなかった。

「老中どもが大御番の番衆やそこの与力同心を野田へやって、焼け残った船を調べさせたのだ」

残骸を、念入りに検めたらしい。その様子を、善太郎は関宿からの帰りの船で見たと話していた。公表しない怪しい点があったに違いなかった。

「捨て置くわけにはいかないだろうから、公儀としては当然だろう」

「そこでだ。いくつかの焼死体があった」

「船頭や水主のものだな」

「そうだ。船頭と水主が十二人、警護の役人が二人乗っていた」

「川に飛び込んだ者もいるだろう」

「いかにも。船上だけでなく、水死体もないか捜した。それで八つの死体を確認した」

「不明な六人は、どうなったのか」

生きていれば、話を聞ける。水に流されただけならばどこかで生きているかもしれないし、とんでもない場所で、水死体で発見されるかもしれない。

「続けて川下まで範囲を広げて、水主二人の死体を見つけた。しかし残りの四人は、いまだに見つからない」

何かの事情で、川底に沈んだのかもしれない。嶋津は話を続けた。

「番衆たちは、一つ一つの死体を検めた。するとな、焼死体と水死体の数人に、骨を裁ち割られた跡があったそうだ」

「刀でできたものだな」

「そういうことだ」

水死体であっても、水を呑んでいなかった。もちろん番衆は、その水死体が幸神丸の水主であることを確認している。

「二千俵は、奪われたわけだな」

「数十俵だけ残っていたらしいが、水に沈んだものもあるはずだ。いずれにしろ、二千俵を積んだ幸神丸と知って何者かが襲ったと考えるのが妥当だろう」

「そうだな」

角次郎は頷いたが、腑に落ちないこともあった。それで尋ねた。

「その件は、読売では伝えられておらぬな」

数日は騒がしく報じられたが、江戸っ子は熱しやすく冷めやすい。祟りや怨霊という話も、いつの間にか消えて、今は話題にする者も少なくなった。

「それは、極秘にしているからだ」

嶋津はわざとらしく声を落とした。

「そうかもしれない。公儀としては、面白くない話だ。ただ公にはしなくても、そのままにはしないだろう」

「当然だ。賊を捕らえる者を揃えた。なかなかの布陣だぞ」

「大身旗本に、加役として命じるわけだな」

「そうだ。誰だと思うか」

「さあ」

見当もつかない。鼻を膨らまし、少しもったいをつけてから嶋津は口を開いた。

「命じられたのは、五千石の大御番頭小笠原加賀守成彰様で、その補佐役が千五百石の御使番大村秀之助様だ」

「ほう、大村様か」

これは魂消た。善太郎と大村は、昵懇の間柄といってよかった。大村には子どもは姫だけで、その婿選びの折に善太郎は大きな役割を果たした。それ以来の付き合いである。

角次郎が冤罪で八丈島へ送られたときには、力になってくれた。それ以外の場面でも世話になっている。

「閣僚たちは、本気で賊を捜すつもりだ。気合いが入っているぞ」

「いかにも。二人とも精鋭だ」

大御番頭は、戦陣の折には将軍の御先手として活躍する部隊の長である。徳川家武官の、頂点に立つ者たちの中の一人といってよかった。御使番も将軍の幕僚の一人で、命令伝達や上使、諸国の巡察などを行った。

すでにその配下が、現地に赴き調べに入っているのだとか。

「どうなることとか。こちらは高みの見物だ」

嶋津は言った。町奉行所は関わらない。

「ごめんなさいまし」

二人がそんな話をしているところへ、客が現れた。米を求めに来たのではない。風呂敷包み一つを手に持って、総左衛門の後ろに立っていた。

井筒屋総左衛門が、手代の正吉を連れてきたのである。

店の中を見回してから、角次郎に目を向けた。

「しばらく、厄介になります。米問屋の商いを、学ばせてやってくださいまし」

実際は、婿として使えるかどうかの試しだが、総左衛門はそういう言い方をした。もちろん正吉も、それを承知の上でのことだ。正吉は大黒屋に関心はあるらしく目があちらこちらに動くが、緊張している様子もあった。

「よろしくお願いをいたします」

頭を丁寧に下げた。

お万季やお波津、店の者とも引き合わせた。婿の候補であることは、奉公人の中では直吉と嘉助しか知らない。

お波津はさりげない様子で正吉の顔を見たが、何かを言うこともなく、奥へ引き下がった。

総左衛門はすぐに引き上げた。嘉助が正吉に店の大まかを説明しながら、裏手の倉庫へ連れて行った。

「なかなか強情そうな面構えじゃあないか」

見ていた嶋津が言った。

六

「これを持って行って、先様には丁寧に挨拶をしてくるのですよ」

お波津はお万季から、桐箱に入った船橋屋織江の練羊羹を手渡された。これから京橋南紺屋町の戸川屋へ行く。

過日主人の清右衛門が、極上の鰹節を調えて店にやって来た。その返礼だが、実際は蔦次郎との顔合わせだと勘付いていた。もちろん正吉を含めた奉公人たちは、知らされていない。

一昨日店へやって来た正吉は、何もない顔で手代として商いに加わった。お波津とは、目を合わせようともしない。お波津もこちらから声掛けをすることはなかった。

正吉は他の手代相手に、何か言い合って笑っていることがある。馴染もうとしているのを感じるから、それは好ましかった。ただ大黒屋の婿としてふさわしいかは、これからのことである。

今日戸川屋へ行くにあたって、お波津は取り立てての着物は身につけていない。仰々しくするのは嫌だった。お万季も無理強いをしなかった。

銀次郎への思いに嘘はなかったが、今は区切りを付けたと思っている。祝言を挙げる相手が決まったら、力を合わせて大黒屋を盛り立てて行こうと腹は決まっていた。

「よくお越しくださいました」

戸川屋では、歓迎された。奥の間に通され、香りのよい茶と菓子が運ばれてきた。清右衛門夫婦と話をしていると、蔦次郎が姿を見せた。二枚目だとは聞いていた。なるほど鼻筋の通った、きりりとした面相だった。

二枚目を嫌いではなかったが、胸が痛むほどではなかった。大黒屋を継ぐ者という目で見るから、男前かどうかは二の次だと自分に言い聞かせていた。

正吉の顔を初めて見たときと、気持ちはそう変わらない。

一方で、蔦次郎がこちらを見たときの表情や態度については、注意深く見ていた。

正吉は気持ちを殺していたが、蔦次郎はそうではなかった。自惚れかもしれないが、こちらに好感を持ったと受け取った。心が弾むほどではないが、好かれて嫌な気はしない。

「商いの様子や米蔵なども、見てもらったらいい」

清右衛門が言って、お波津は蔦次郎と共に座を立った。店の様子を見てから、米蔵へ行った。扉が開いていて、新米が詰まっていた。

香しい米糠のにおいが、ここにもあった。

「お波津さんは、百文買いの客を受け持っているそうですね」

蔦次郎の問いかけに、少し驚いた。こちらのことを調べている。

百文買いの客とは、舂米屋など米の小売りが、裏店住まいの者を対象に百文を基準にしてする売り方だった。

俵で米を買うのは、表通りの商家や一膳飯屋など多数の者が住んだり食べたりする家だけだ。少人数で暮らす裏店住まいの者は、百文を握りしめて米を買いに来た。

しかし小売りでは、こうした客が売り上げの重要な部分を支えていた。

「大黒屋は、間口二間半の舂米屋から始まりました。そのときの気持ちを、忘れないためです」

「なるほど、立派ですね」

感嘆するふうをみせたが、どこか作り物に感じた。とはいえ、嫌な気持ちにはなっていない。次はお波津が、問いかけをした。

「蔦次郎さんは、商いに熱心な方だと聞きましたが」

「いやあ、熱心というか。気持ちは沸き立ちます」

照れくさそうに言った。

「どういうところがですか」

「米商いは、天気や災害に左右されます」

「…………」

「ですが問屋は、凶作や飢饉の折でも、品を卸すことができるように努めなくてはなりません。そこが米商人の、腕の見せ所ではないでしょうか」

気負っていると感じたが、口にしたことは間違っていなかった。大黒屋でも羽前屋でも、それを心掛けてきた。

「絹織物はなくても生きていけますが、米がなくては暮らしていけません」

「そうですね。仕入れの村へは、行ったのですか」

「機会を得て、できるだけ早く行きたいと考えています」

「なるほど」

そうか、村へは行ったことがないのか。それで「腕の見せ所」などと言うのかと少し落胆する気持ちもあったが、蔦次郎は、今の正直な気持ちを話したのだと受け取った。

　米蔵の前で出会った手代や小僧は、好意的な眼差しを向けて蔦次郎に頭を下げた。奉公人たちは、蔦次郎に親しみを持っている。

　それは大事なことだ。

「お波津さんは、食べ物は何が好きですか」

　問いかけてきた。

「そうですね。めったに口に入りませんが、赤飯はおいしいですね」

「まったくです。私も大好きです」

　赤飯は、めでたいときにしか炊かない。贅沢な食べ物だ。

「では、何をしているときが楽しいですか」

　いろいろ訊いてくれる。そのあたりは、如才ない商人だった。もちろん、自分に関心を持ってくれた表れなのは確かだ。

「端切れで、襷や座布団を縫うのが好きです」

　これは正直な気持ちだった。算盤も嫌ではないが、針を持つのもなかなかに楽しい。

「うちの隣の呉服屋ですがね、たくさんの端切れが出ます。貰ってお持ちいたしましょう」

と言った。

「まあ、嬉しい」

笑顔になって、そう返した。半刻ほどいて、お波津は井筒屋を出た。

帰り道、お波津は浜町河岸の打越屋の前を通った。わざわざ行くつもりはなかったが、いつの間にか足が向いていていた。

通り道ではあるが、他の道でも帰ることができた。行きでは通らなかった。

昼下がりの、初冬の日差しが藍染の日除け暖簾を照らしている。浜町堀を進む荷船が、艪の音を立てていた。

通りには店の者が出ていなかったので、近寄ってそっと店の中を覗いた。奥の帳場に銀次郎の姿があって、どきりとした。最後に見てからまだひと月に満たないが、ひどく懐かしく感じた。

怪我も癒えて、元気そうでほっとした。

「あら」

お民の姿も見えた。茶を運んできたのだった。銀次郎は嬉しそうに受け取った。

まだ祝言を挙げていないが、睦まじそうだった。

「ならば何より」

と呟いた。

自分も近いうちに祝言を挙げる。銀次郎への思いは、もう昔のものだ。それなのにわざわざ打越屋の前を通り、店の中を覗いた。

そういう自分が、少し嫌だった。

七

羽前屋にも、新米が入荷し始めた。米俵を積んだ船は、毎日のように小名木川や仙台堀の船着場へ入ってくる。

米を運んできた荷船は、休む間もなく江戸からの荷を載せて出航して行く。何艘もの船を持つ船問屋も、個人で船を持ち荷を運ぶ船頭も、この時期は書き入れ時といってよかった。

関宿に出ていた一番番頭の久之助は、最後の荷と共に、江戸へ帰ってくる。あと数日後だ。今年の新米の仕入れも、ようやく先が見えてきた。

店脇にある倉庫に収められたことを確認した善太郎が店に戻ると、さして間を置かず来客があった。

旗本大村家の用人中里甚左衛門だった。大村秀之助が、幸神丸にまつわる調べで重い役目を仰せつかっていることは、すでに角次郎から聞いていた。

大村は多忙だ。話したいことがあるが動けないので、屋敷へ来てほしいという依頼だった。

「参りましょう」

大村の頼みならば、万障を繰り合わせて行く。善太郎は甚左衛門と共に、麴町の大村屋敷へ舟を使って向かった。

「殿は御使番の他に加役のお調べがあって、休む間もありませぬ」

甚左衛門は言った。幸神丸の件については、離れた地での出来事でもあり、はかどっていない様子だという。

屋敷に到着すると、善太郎はすぐに大村と面談をした。

「重いお役目、そのご苦労、お察し申し上げます」

顔を見て、まずねぎらいの気持ちを伝えた。大村は直心影流の先達で、なかなかの遣い手だ。腹の据わった豪胆な人物だが、さすがに目に疲れが出ていると感じた。

「うむ。厄介な話だ」

公儀の威信にかかわる話だから、必ず解決をさせなくてはならない。

「大殿様やご老中、諸大名や旗本衆も関心を持って見ているからな」

苦々しい表情になって、大村は言い添えた。立場としては小笠原の補佐役だが、従っていればいいというものではなかった。

まず調べの概要を伝えられた。おおむね角次郎を通して聞いた嶋津の話と重なるが、さらに詳しいものだった。

「当家と小笠原家で、不明の水主(かこ)四人を捜した」

「見つからないわけでございますね」

「そうだ。どこかの堤に嵌(はま)っているやもしれぬので、それも当たらせたが現れなんだ」

「何かの事情で、川に沈んだままなのでしょうか」

袂(たもと)や懐に石を入れられて、投棄された可能性もないわけではない。

「その不明の四人だが、いずれも水練は達者な者であったとか」

これは幸神丸を知る者から聞いた。

「どこかで生き残ってくれていたら、話を聞けますね」

「だが、沿岸の村にはおらぬ」

江戸川の支流や、水路の村へ運ばれたのかもしれない。

「生きていたら、何か言ってきそうなものだが」

「まだ正気に返らないこともあるのでは」

あるいは口を利ける状態になっていない。いずれにしても、江戸川沿岸から離れた村も捜すとなると大仕事だった。

「さらにだ、盗賊どもは二千俵近くの米を手に入れたことになるが、それらがどこへ行ったか調べなくてはならぬ」

「まさしく」

「江戸市中で、不審米の動きはないか」

善太郎を呼んだ理由が、これだと察せられた。米の動きを知りたいのだ。

「それについては、角次郎ともども様子を見ていましたが、今のところありません」

市場に出るとするならば、商人米としてどこかの問屋から出てくるはずだが、今のところそれはない。また川に落ちた分もあれば、二千俵とは限らない。

「ならばまだ、どこかに隠されていると見るべきだな」

「それが妥当なところだと存じます」

「隠すとしたら、どこか」

「今は新米が、続々と江戸へ入津しております。紛れて運ばれたら、探りにくいかと」

「うむ。そうであろうな」

　大村は苦々しい表情だ。

「米を金に換えるためには、当然のことながらどこかの問屋が関わらなくてはなりません。買い入れる問屋は、どこから得た米かは、確かめるはずです」

「まともな商人は、ためらうであろうな」

「はい。長く米商いをしてきた者ならば、盗米かどうかはともかく、米の由来に不審を持ちます。それでもかまわず仕入れたとなれば、悪事と承知で加担したことになります」

「いかにも」

「ならば関わっているのは、そう多くの問屋ではないと存じます」

「一軒か二軒といったところか」

「はい。それを探し出せれば、賊も炙(あぶ)り出せるかと」

「探し出す手立てはあるか」

「それは……」

浮かばない。米を商う者は、関東米穀三組問屋のような大所から、小商いの者まで数え上げたらきりがない。そもそも商人米として一年間に江戸に入る地回り米は、百五万俵前後だ。これに西国からの下り米五万俵ほどが加わる。二千俵など、市場に出れば百十万俵の中に紛れ込んでしまうだろう。

しかし何も浮かばないわけではなかった。

「野田河岸に近いどこかで、幸神丸は襲われたと存じます」

「それは確かだ」

そこよりも上流の河岸場では、燃える荷船を目にした者はいなかった。

「奪った米ですが、船でどこかへ運んだと存じます」

船に残したものだけでなく、川に落ちた俵があったとしてもだ。善太郎は続けた。

「百俵二百俵を奪うために、千石船を襲うことはありませぬ」

「なるほど、襲った船はそれなりの大きさだな」

「しかも空船だったはずです」

「米を奪うつもりならば、そうであろう」

目を輝かした。

「空船は目立ちまする」

「………」

「江戸川でも利根川でも、川を上り下りする荷船は、ほとんど荷を積みまする。船問屋や船頭は、空船で航行をするような無駄なことはいたしません」

荷を積んでこそ、利益を得られる。水上輸送は商いだ。

「ゆえに空だと目立つわけだな」

大村は得心した表情になった。さらに付け足して言った。

「ならば、空船で動いていた下りの荷船を捜せばよいのではないか」

容易(たやす)いことだと、言わぬばかりだった。

「しかし襲撃は、闇夜のことでございました」

加えて川幅のある江戸川だ。どれほどの者が気づくか。

「ううむ」

大村は呻(うめ)いた。やや間をおいてから、口を開いた。

「それにしてもその方は、さすがによく気がつくな。米商いや水上輸送に精通をしている」

「いや、それほどでも」

「そこでだが、力を貸してもらえぬか」

商いが絡む犯罪だ。商人の力が必要だと言い足した。

「はあ」

難題だ。即答したいところだが、自信がなかった。

「まずは、幸神丸を襲った者の見当がつくまでだ」

これまで大村には多々世話になってきた。頼まれて断ることはできなかった。

「かしこまりました」

承諾した。最善を尽くすしかない。

ここで大村は、手を叩いた。するとすぐに襖が開いて、部屋住みふうの若い侍が入ってきた。

「この者は、中里寅之助と申す者だ」

用人中里甚左衛門の三男で、十九歳になるとか。

「中西派一刀流の剣もやるが、当家では勘定をやらせていた」

部屋住みだが、使える者らしい。物おじせずに、善太郎に目を向けた。とはいえ、ふてぶてしさは感じない。

両手をついて、善太郎に挨拶をした。

「羽前屋に預けるゆえ、調べごとなどに使ってほしい」

唐突な話だが、人手があるのは助かる。中里家の者ならば、どこの馬の骨ではない。

「帖付けと算盤もできるからな、そちらで使ってもかまわぬ」

「ははっ」

大村は、今日中に寅之助を羽前屋へ向かわせると言った。また当座の調べの費えとして、小判三枚を寄こした。

## 八

羽前屋へ戻った善太郎は、お稲と居合わせた二番番頭の伊助に顚末を伝えた。

「ずいぶんと、難しいお役目でございますねえ」

聞き終えた伊助がため息を吐いた。ただ手伝いの若侍がつくのは助かると言った。そうでないと、手代の茂助あたりが手先に駆り出される。しかしそれがなくなるのは、店としては大きい。茂助は羽前屋の商いにとっては、なくてはならない手代になった。

「できるお手伝いをすればよろしいのでは」

お稲の言うことももっともだが、頼まれた以上は役に立ちたかった。探るべき仕事は、二つだった。

まず一つは、幸神丸の水主で行方知れずになっている生存者を捜すこと。そしてもう一つは、襲撃のあった夜、江戸川を航行する大型空船を見た者はいないか、あったとしてどこの荷船だったかとなる。

二千俵を積んだ船を襲うのだから、それなりの大きさでなければ奪った米を運べない。となると五百石積み以上の船になるだろうという見当だった。

これは江戸にいたのでは調べができない。

羽黒屋は切米を済ませ、羽前屋は最後の荷を数日のうちに迎えれば、それと一緒に久之助も江戸へ戻ってくる。

「二、三日ならば、江戸を離れられそうだな」

寅之助を伴って、出かけることにした。

一刻ほどした頃、寅之助が風呂敷包み一つを持って、羽前屋へやって来た。お稲や伊助、茂助などに引き合わせてから、善太郎は野田河岸へ行くことを伝えた。

「かしこまりました」

寅之助は、言葉少なに頭を下げた。善太郎は町人でも、元は旗本だったことを知っているので、丁寧な物言いをした。お稲や伊助にも、己は武家だと偉そうな態度や物言いをしなかった。

翌早朝、寅之助を伴った善太郎は、関宿へ向かう下り酒を積んだ船に乗り込んだ。お珠を抱いたお稲が、船着場まで見送りに来た。

「とう」

お珠が声を出して、手を振ったのは嬉しかった。

寅之助は、江戸から出るのは初めてだと言った。四百石の船だが、大型船も初めてらしかった。

船は船着場を滑り出た。初冬の日差しは、川風を受けても暖かかった。

野田は善太郎にとって、懐かしい場所だ。お稲と祝言を挙げるまで、五月女家の当主だったが、その知行地が野田河岸からそう遠くない場所にあった。川岸から日光東往還道の山崎宿へ向かう途中である。部屋住みのときは何度も行ったし、当主になってからも足を向けた。

名主の忠左衛門とは、五月女家を出てからも文のやり取りをしていた。

角次郎と先代の忠左衛門は、昵懇（じっこん）の間柄だった。だからまず、村を訪ねて忠左衛門から話を聞こうと思っていた。

近くの村だから、何か聞いているかもしれないし、適当な人物を紹介してもらえるかもしれない。

船が河岸を離れてしばらくしたところで、善太郎は寅之助に問いかけた。羽前屋にやって来たのは昨日だが、留守をするにあたっての指図があって、満足に話ができなかった。

「甚左衛門殿の三男だとか。次兄の方は、いかがなされているのですか」

長兄甚之助（じんのすけ）は、家督を継いで大村家の用人になる。しかし次三男は、そうはいかない。

「はい。長兄よりも一つ下の次兄は、二十二歳になります。すでに大村家縁故の旗本家のご家中のもとへ婿入りをいたしました」

「大村家では、勘定の手伝いをしていたとか」

「帖付けと算盤は、十四のときからしていました」

剣術も、なかなかの腕前と聞いている。

「剣と算盤と、どちらが向いていると考えますかな」

ついでという気持ちで聞いた。少し意地の悪い問いかけかとも考えた。善太郎も、剣術と算盤の両方を学んだ。

「さようでございますね。どちらも捨てがたいような」

「ほう」

剣術だと言うかと思った。

善太郎は商人になるつもりだったが、五月女家を継がなくてはならなくなった。ただ勘定方だったので、算盤からは離れなかった。算盤を軽んずる武家が多い中では、寅之助は自分と似ていると思った。

「善太郎様は、武家から商人になるにあたって、迷いはなかったのでしょうか」

問いかけてきた。そのことに関心があるらしかった。御家人株を買って、町人から武家になる話は聞くが、武家から町人の婿になる話はめったに聞かない。

「迷いはなかったですね。もともと商人の家の生まれでしたから」

その部分では、寅之助と異なる。

半日船に揺られて、野田河岸に近づいた。

「焼けた船が横付けされていたのは、あのあたりですよ」

善太郎は指をさした。すでに焼け焦げた幸神丸の残骸はない。枯れ芒の穂が揺れているばかりだ。

船体は、すでに江戸の御船蔵内に移されたと聞いていた。事件解決までは壊さない。まだ船に、どのような証拠が隠されているか分からないからだ。

荷船が野田河岸に着いて、善太郎と寅之助は船から降りた。埃っぽい田舎道を歩いて、忠左衛門の屋敷に入った。

「これはこれは、善太郎様」

忠左衛門は、快く迎え入れてくれた。

「商人のお暮らしは、いかがでございますか」

「まずまずです」

近況を報告し合った。その上で、幸神丸の一件を話題にした。

「事があった直後は、この村でも大騒ぎになりました」

当然だろう。不作や凶作、天災以外には、事件らしい事件など起こらない村々だ。

ただ山崎宿に近いこの村までは、小笠原家や大村家からの聞き込みはなかった。

「あの一件以降、幸神丸の行方知れずの乗員四名を捜していますが、命拾いをしたという話は、耳になさらなかったでしょうか」

「さあ、聞きませんねえ」

訪ねてきたのは、その者を捜したいからだと伝えた。

「なるほど、ならば村の者にも訊いてみましょう」

家の下男と出入りの手伝いの者に、村を廻るように命じてくれた。一刻ほどで皆は戻ってきたが、事件の噂以外で何かがあったと言う者はいなかった。

「どうぞお泊りいただいて、近くの村々でもお聞きになってくださいまし」

忠左衛門の言葉に、甘えることにした。


翌朝、善太郎と寅之助は、馬を借りて周辺の村を廻った。

「とんでもない話でございました。村の者たちで、鎮守の社へ厄除けに参りました」

めったに事件など起こらない村ならば、一大事だったのはよく分かる。祟りや悪霊の出現と考えれば、そのままにはしておかないだろう。ただ余所事としか考えない村もあった。

半日廻っても、こちらが望むような返答は得られなかった。

しかし昼下がりになって行った村で、気になる話を耳にした。追い剝ぎに遭って、大怪我をして担ぎ込まれた者がいるというものである。

野田河岸からやや離れた場所で倒れていた。大きな刀傷があり、見つけた百姓は仰天した。けれどもまだ息をしていたので、百姓は自分の家に運んだ。

満足に口もきけないほどの重傷だ。事情は分からない。百姓は、船の水主とは繋げて考えなかった。

まだはっきりとした意識はないが、死んでもいない。

「もしや」

早速、行ってみることにした。

九

話に聞いた百姓の家は、村では大きな屋敷を持つ農家だった。通りかかった村人に訊くと、主人は百姓代をしている者だと教えられた。

出てきた中年の主人に、江戸川で燃えた幸神丸について調べをしている者だと告げて、話をさせてほしいと頼んだ。

「身元が分かれば、こちらもありがたいです」

百姓代は好意的だった。

男は日焼けした体で、三十代半ばの者だとか。肩から胸にかけて斬られていた。

村へ運んで初めの三日は、意識を戻さなかったという。

「村では見かけない顔ですが、日光東往還道の山崎宿あたりで何者かに襲われ、紛れ込んできたのかと思いました」

江戸川からだとは考えなかったらしい。酷（ひど）い傷で、血と泥で身につけていたものがぐしゃぐしゃだったとか。

「これでよく、逃げてこられたと驚くほどです」

「それを、家まで運んだわけですな」

「はい。ひやひやいたしました。せっかくお助けして亡くなられては、寝覚めが悪いですから」

生真面目そうな顔で言った。

四日目になって、目を覚ましたとのこと。しかし話はできなかった。事情を聞くなど、とてもできない。昼も夜も、ほとんど寝ている。目を覚ましたときに、重湯を飲ませているのだとか。

「何も腹に入れなければ、助かる命も助かりません」

今も眠っているままだとか。

「目を覚ましたときに、問いかけることはできませんか」

「無理ですね。それどころではありません。重湯も、半分はこぼしてしまいます」

寝顔を見せてもらった。浅黒い顔の痩せた男が、弱い寝息を立てている。眼窩は窪み、唇は干からびていた。月代は伸びたままだ。とても力仕事をする水主には見えない。

善太郎は息を呑んだ。斬られて船から落ち、岸にたどり着いて逃げてきたところで助けられたとすれば、無理もない。精も根も尽き果てたのだろう。

これならば、話ができるようになるのを待つしかなかった。

「幸神丸の水主ならば、大きな手掛かりを得られるのですがね」

寅之助が唇を嚙んだ。

「まったくだ」

ただそれは、四半刻後かもしれないし、数日かかるかもしれなかった。場合によっては容態が急変して、命を失ってしまうかもしれない。

「他には、同じような怪我人は出ていませんね」

「いれば、話に出ます。うちの村にはありません」

百姓代は言った。

善太郎は、名主忠左衛門の屋敷に逗留していることを伝え、男が目を覚ましたら伝えてもらえるように頼んだ。

「一人いたわけですから、他にもいるかもしれません」

寅之助が言った。言うことで、気持ちを掻き立てている。生死は不明でも、まだ三人がどこかにいるはずだった。

さらに他の村へも行った。馬を借りられたのは、幸いだった。夕方まで廻ったが、それらしい者は現れなかった。

「生き残っている者を捜すのは、厳しいですね」

寅之助の言葉には、あきらめが含まれていた。逃げ出してきた余所者が、誰にも気づかれずに、はるか遠くまで逃げられるとも思えない。

「こうなると、江戸川を遡って、空船を見た者を捜すしかなさそうですね」

それも雲を摑むような話だが、やってみるしかないと善太郎は感じた。ただ手をこまねいてはいられない。

「空船を見つけるのは、そんなに難しいですかね。夜ですから、水の上では難しいでしょうが、船着場では見られるのではないでしょうか」

水上輸送には疎い寅之助らしい問いかけだった。

「そもそも空船など、よほどのことでもなければ通らない。江戸なり関宿なりで、にわかに輸送を頼まれ船が必要になったとき、急ぎ運びたい荷主が、往復の船賃を出して輸送をする場合に限られます」

「暇なときには、そういうこともありそうですね」

「今は新米輸送の時季だから、暇というのは考えにくい」

「しかし間が悪く、手が空くこともあるのでは」

「それはそうですね」

忠左衛門の屋敷へ戻り、馬を返した。そして善太郎と寅之助は、野田河岸から、通りかかった関宿行きの荷船に乗せてもらった。

一人二人乗せたところで、手間はかからない。駄賃さえ払えば、船頭は嫌がらずに乗せてくれた。

途中、停まった船着場で、居合わせた者に事件のあった夜に空船が下るのを見た者はいないかと聞いた。

「さあ、どうだったかねえ」

すでに記憶は、あいまいになっていた。また深夜でもあり、通る船に用でもなければ船着場には出てこない。

関宿に着くまでに、空船を見たと告げる者はいなかった。二人は船中では、交代で仮眠を取っただけだった。

　翌早朝、荷船は関宿に着いて、善太郎と寅之助は船着場に降り立った。関宿城が、朝日を浴びている。河岸場はすでに、賑わっていた。

　次々に荷船が、通り過ぎて行く。

　善太郎は、船着場にいる者に、手あたり次第訊いていった。

「夜中になったら、酔っ払って寝ちまうぜ」

「真夜中に、空船を動かす者などいるものか」

　そんな返答があるばかりだった。火の玉の船が出た夜のことは覚えていても、空船を記憶に残している者には出会えない。そもそも船頭や水主、人足たちは、自分に関わりのない荷船のことなど眼中になかった。

　そこで善太郎は、城の対岸にある関所へ行った。通行する船の検めを行っている。

「おそれいります」

　川の見張りをしている初老の役人に小銭を渡して、あの日大型の空船が通らなかったか問いかけた。

「さあ」

役人は、どうでもいいという顔で答えた。小銭は受け取っても、目は川面に向かったままだった。

そこで善太郎は、五匁銀を奮発した。

受け取ったときの手触りで、小銭ではないと分かったらしい。役人は仕方がないといった顔で、番屋へ入った。そして記録の綴りをめくった。

「その日はないぞ」

あっさりと言われた。それで五匁銀の働きはしたぞという顔だった。

「では、前の日はいかがでしょう」

事前に関所を通っておくことも、考えられた。

「前の日に、二百石の船ならば、利根川から江戸川へ入っているぞ」

と返事があった。襲撃した船がそれだとは思えない。しかし関所の綴りには、他の記載はなかった。それ以上は、問いかけられない。

「江戸川と利根川の行き来をしなければ、関所は通りませんね」

「なるほど。それはそうだ。関宿で荷を下ろして、そのまま江戸へ向かえば、関所は通らないな」

寅之助も、ぼんやりとはしていなかった。善太郎は頷いた。

「置くとしたら、下流のやや離れたところかもしれませんね」

「うむ」

関宿には、倉庫も船着場もたくさんある。初めに聞いた場所は、中心部になる。それよりも下流にある船着場へ行った。人足など人の姿は少なくなっている。

居合わせた人足から訊いてゆく。

「この辺りならば、空船が停まっているのは珍しくありませんよ。利根川からの積み荷が着くのを待つなどは、よくあることですから」

「空船のまま、ここから出た船はないですか」

九月二十七日夜のことを尋ねている。

「その日かどうか分からないが、三百石くらいの船であったような」

おぼろげな記憶を、さらに問うてはっきりさせた。それで二十七日の夕方だと分かった。それならば、どこか途中の船着場で待ち伏せすることもできる。

「だが三百石の船だと、もう一艘か二艘は必要だな」

善太郎は呟いた。幸神丸を襲撃した船は、一艘とは限らないと気がついた。ただ人足は、船の名を覚えていなかった。

さらに問いかけを続けた。五、六人目だ。まだ十五、六歳とおぼしいどこかの小僧が問いかけに応じた。

「ずいぶん暗かったけど、あの出来事があった夜に、五百石の空船が出て行くのを見ました」

「そうか。どうして空船だと、分かったのか」

聞いただけで、腹の奥が熱くなった。多めの銭を与えた。

「あのときはもう暗かったけど、傍を篝火(かがりび)を焚(た)いた荷船が通ったので分かりました」

空船は五百石船だそうな。荷運びで崩れた俵があり、小僧はそれを掃き集めるために船着場に残っていたという。

「では、船首にある船の名が見えたのではないか」

「見えました。十王丸(じゅうおうまる)だったと思います」

小僧は関宿の雑穀問屋の者で、店の品を江戸に送るのにその船を使ったことがあると付け足した。

「間違いないな」

「たぶん」

善太郎の語気が強くなったので、小僧は怯(ひる)んだらしかった。不安げな顔になった。

「いや。そうだと思ったのならば、それでいい」

笑顔を見せて、小僧の気持ちをほぐした。この証言は、大きかった。さらに小銭を与えた。

「十王丸とは、どういう船かね」

「船問屋の船ではありません。佐五兵衛さんという船頭さんが、持ち船で利根川や江戸川で荷運びをしています」

利根川では倉賀野から銚子まで行くそうな。もちろん江戸へも行く。頼まれれば、どんな荷でも、どこへでも行って受け取り運ぶそうな。

「佐五兵衛という船頭は、関宿に住まいがあるのかね」

「そうです。十人くらいの水主がいます」

「家がどこか、分かるかね」

教えてもらって、善太郎と寅之助は船着場に近い佐五兵衛の家へ行った。贅沢な建物ではないが、十人ほどの水主たちも寝起きできそうな広さがあって、手入れも行き届いていた。

十王丸は関宿から離れていて、住まいにいたのは、四十歳前後で化粧の濃い器量のいい女房だった。着物も垢ぬけている。

顔を合わせると、善太郎と寅之助を値踏みするように見た。しかし何かを疑うような眼差し（まなざし）を向けたのは、一瞬の間だけだった。

「十王丸の出航について、お聞かせいただきたく存じます」

善太郎は、頭を下げながら言った。そして幸神丸が焼けた夜の荷船の航行について、調べていることを伝えた。

「ご公儀のさる方から命じられまして、形ばかりのお伺いです」

軽い口調で言った。疑っているのではないとの形にしたが、「ご公儀」としたことで、真実を言うかどうかは別として、断れないことも言外に伝えたつもりだった。

「それはそれは、ご苦労様なことで」

愛想はよかった。商いの綴りを持って来て、紙をめくった。

「ええ。その日は、空船で江戸へ向かいました」

隠すかと思ったが、それはなかった。後ろめたいことがあるならばどこかに怯みがあるはずだが、それは窺（うかが）えない。

「珍しいですね」

「ええ。利根川から来るはずだった荷が遅れました。でも江戸から運ぶ荷はすでに調っていて、期日通りに運ばなくてはいけません。仕方がないので、向かいました」

「江戸の荷とは、どちらの」

これは、はっきりさせておかなくてはならない。

「深川一色町の繰綿を扱う紅梅屋さんの荷です。二十八日に荷を積んで、関宿を経て取手河岸まで運びました」

商い帖を見せられた。間違いなく、そう記されていた。

関宿を出たのは、二十七日の暮れ六つ過ぎだ。当然野田河岸を経て、二十八日に深川に着くのは可能だった。

「いや、お世話になりました」

善太郎は説明に納得したという顔で頷き、佐五兵衛の家を出た。

「怪しいですね」

通りに出たところで、さっそく寅之助が言った。鼻の穴が膨らんでいる。気持ちの昂ぶりがあるらしかった。

「決めつけは禁物だが、幸神丸を襲って米を奪い、どこかに隠してから一色町へ行くことはできたでしょうな」

善太郎は応じた。

それから周辺で、佐五兵衛について問いかけをした。

「荷運びはうまくいっているんじゃあないですかね。暮らし向きは、ずいぶん楽なようですよ」

女房は、江戸の芸者を引かせて連れてきたとか。水主(かこ)たちも荒くれ者らしいが、町の者を困らせるようなことは一度もないというのが近所の者の話だった。

十

翌日野田河岸へ戻った善太郎と寅之助は、大怪我をして寝込んでいた者の様子を見に行った。

「ちょうどいいところに、お見えになりました」

主人はいなかったが、女房が出てきて言った。いま目を覚ましていて、重湯を飲ませているところだとか。

「会えますか」

「無理な問いかけをなさらなければ」

病間へ通された。男は朦朧(もうろう)とした様子だった。枕元に座った善太郎は、耳に口を寄せた。

「名は、何と言うのか」

大きな声は出さない。ただすぐには分からない様子で、善太郎は問いかけを三回続けた。

「う、卯助だ」

もぞもぞやって、やっと聞き取った。はっきりとした声になっていないのは、仕方がなかった。

問いかけを続ける。できるだけ答えやすいようにした。

「幸神丸の、水主ですね」

これも耳元で三回繰り返した。

「そうだ」

善太郎と寅之助は、顔を見合わせた。ようやく生きた証人に出会えたようだ。

「空船で近づいてきたのですね。侍もいましたか」

焼け出された遺体の斬り口からして、大村は腕利きの侍がいたはずだと話していた。

「い、いた。いきなり、船端に、せ、船首をぶつけてきて」

「乗り移ってきたわけだな」

「…………」

何か言おうとしたが、声にはならなくてただ頷いた。顔が歪んでいた。これだけでも辛いらしかった。問いかけを控えると、そのまま眠りに落ちた。

無理やり起こすことはしなかった。

次に目を覚ますのを待つことにした。今聞き出せたことだけでも、重要なことばかりだった。

善太郎と寅之助で看取りをした。一刻半ほどして、卯助はまた目を開いた。今度は、卯助の方から、何か伝えようとした。善太郎を目で探していた。

顔を近づけると、口を動かした。

「さ、侍が、まず、役人二人を、斬った。た、魂消た」

乗り移ってきた侍が、問答無用でやったのならば、水主たちは驚き怯えただろう。警護の役人二人が、真っ先に斬られたことになる。賊たちは、初めから狙っていたようだ。

「米俵は、どうしましたか」

「運んだ」

幸神丸から、賊の船に移したということらしい。

「幸神丸の者も、脅されて運んだわけですね」

「そ、そうだ。く、悔しかった」

思い出したのだろう。目に涙を溜めた。手伝わされたのだから、当然だ。

そのとき逆らおうとした船頭が斬られた。こうなるともう、逆らう者はいなくなったとか。

「二千俵、すべて移せたのですか」

「で、できなかった」

千二百俵ほど積んで、賊の船は満杯になった模様だ。それで分かったのは、襲った船は一艘で、五百石船ということだった。一石は玄米で二俵半となるからだ。

「侍は、一人でしたか」

「そうだ」

「他は、賊の船の水主たちですね」

「あ、あいつら、皆、鳶口や匕首なんかを、持っていた。歯向かったやつは、こ、殺された」

賊の水主たちは喧嘩上手で、並の水主ではなかったようだ。

「顔は、見ましたか」

「皆、顔に、布を巻いていた」

「賊の船の名は」

　これは聞いておきたいところだ。

「そ、それどころでは」

　がっかりしたが、その場に居合わせたら、気は回らなかっただろう。

　卯助は、また一刻ほど眠った。三回目の問いかけになった。このときは、重湯も啜らせた。

「幸神丸に火をつけたのは、やつらですね」

「油の樽を、持って来て、ま、まき始めた」

「火をつけると、分かったわけですね」

「だ、だから、おれは、川へ飛び込もうとした」

「それで、斬られたのですね」

　黙っていれば、焼き殺される。卯助には強靱な体と、生きようとする気迫があった。

「他にも、逃げ出そうとして、斬られたやつがいた」

　気持ちが昂ったのだろう、それでしばらく声が出なくなった。目から涙が、零れ落ちた。

今の時点で、行方が知れない者が三人いる。

声をかけられずにいると、しばらくしてから卯助は口を開いた。

「に、逃げようとしたのは、お、おれだけじゃあなかった」

船上で刀傷を負って倒れていた焼死体はそれだろう。

「火がかけられたのを見たのですか」

「火は、お、おれが、水に、飛び込んでからだ」

斬られた傷にかまわず、必死で泳いだ。振り向くゆとりはなかったらしいが、水面(みなも)が一瞬にして明るくなった。それで分かったのだ。

「他のやつを、考えるゆとりは、なかった」

陸(おか)に上がっても、賊が追ってきそうで、闇の道を精いっぱい歩いた。どれくらい歩いたか分からない。

途中で倒れて、気がつくとこの部屋で寝かされていた。賊や他の者のことは、一切分からない。

善太郎は、看病をしてくれている百姓代に、大村から預かっていた内の二両を渡して、引き続いての治療を依頼した。

改めて尋ねることが、出てくるかもしれない。

## 十一

その夜は、善太郎と寅之助は名主忠左衛門の屋敷に泊った。そして翌朝、醤油樽を積んだ荷船で江戸へ戻った。

羽前屋でいったん草鞋を脱いでから、南町奉行所へ行って嶋津惣右介に面会をした。野田と、関宿で見聞きしたことを伝えた。

「そうか、やはり襲撃があったわけだな。面白い成り行きではないか」

嶋津は他人事として、楽し気に言った。

善太郎は、深川一色町の紅梅屋へ行くにあたって、調べに力を貸してほしいと頼んだ。大村の名を出さず、定町廻り同心の調べとして訊いてほしかったからだ。これが手っ取り早い。嘘を言えば、偽証の罪に問える。

「お安い御用だ」

すぐに一緒に出向いてくれた。

紅梅屋は、間口五間のまずまずの店だった。一軒置いた先に、米問屋小此木屋があった。

対応したのは、中年の番頭だった。

「はい。その日、佐五兵衛さんの十王丸で繰綿を運んでいただきました」

九月二十八日の夕刻前に、十王丸は空船の状態で一色町の船着場に着いた。

「わざわざ頼んだのか」

嶋津は、淡々と問いかけて行く。なぜ訊くかは告げない。しかし三つ紋の黒羽織と、腰に差した十手の威力は抜群だ。

「はい。その日に荷が着くことははっきりしていたので、佐五兵衛さんが江戸に来ていたときに、お願いしました」

「佐五兵衛を、前から知っていたのか」

「いえ、使ったのは初めてです」

「またどうしてわざわざ」

これは腑に落ちない。江戸には、いくつもの船問屋がある。

「その日は、たまたまでしょうが近くの船問屋に空き船がありませんでした。新米の輸送で、船はすべて出先が決まっていました」

「間が悪かったわけか」

「そういうことで、ございましょう。困っていると小此木屋さんが見えて、今江戸に、佐五兵衛さんがいると引き合わせてくれました」

「こちらにしては、助かったわけだな」

「相場よりも安く運んでいただけるとかで」

輸送費は馬鹿にならない。問屋としては、安くあげたい気持ちは善太郎にも理解できた。

「紅梅屋が小此木屋の言葉を真に受けたのは、おかしくはないな」

店を出たところで、嶋津が言った。

「同じ町の問屋同士ですから、疑わないでしょう。都合の良い話ならば、乗ることになるのでは」

「となると、勧めた小此木屋はにおうな」

「佐五兵衛の女房は、運ぶことはすでに決まっていると話していました。おかしいですね」

「小此木屋と、組んでいたということだな」

共に深川で、商人米を扱う米問屋だった。羽前屋と親しいわけではなかったが、同業として顔見知りではあった。道で会えば、挨拶くらいはした。

主人は庄右衛門で四十五歳、跡取りの庄太郎は二十二歳で、三十九歳になる番頭仙蔵がいた。三人とも、なかなかのやり手だと聞いていた。

　年に四、五千俵くらいの商い高で、阿漕な者という噂は耳にしたことがなかった。ただ商い高を、徐々に増やしている店だとは認識していた。仕入れ先は、関宿経由で運ぶ村だったはずだ。

「行ってみなくてはなるまい」

「そうですね」

　仙台堀に面した店舗は、ほぼ大黒屋と同じくらいだった。手入れは行き届いている。

　ここでは善太郎が、奉行所の調べごとで嶋津を案内してきた形にした。対応したのは番頭の仙蔵で、嶋津を目にして若干の驚きを目に浮かべた。とはいえそれは、寸刻の間だった。

「これはこれは、羽前屋さん」

　仙蔵は親しげな笑顔を作って、善太郎を迎えた。

「お役人様の、お手伝いをしています」

　善太郎も、笑顔で応じた。

「詳細は言えぬが、佐五兵衛の十王丸について尋ねたい」

「ほう」

仙蔵はそれで、明らかに慎重な眼差し(まなざ)になった。警戒したようにも、単に思いがけないことを口にされて驚いたようにも受け取れた。

「紅梅屋に、十王丸を口利きしたのはまことだな」

「いたしました。困っておいでのようでしたので」

「なぜ、十王丸だったのか」

「それは」

わずかに思い出すふうを見せてから続けた。

「そのときは、たまたま十王丸が江戸に来ていました。どちらにも、利のある話だと存じましたので」

胸を張った。それで何か問題があるのかという顔を向けてきた。

「いや。訊いたまでだ。佐五兵衛とは、親しかったのか」

嶋津は気持ちの動きを見せない顔で問いかけた。

「都合がつく限り、荷運びをお願いいたしました。名の知れた船問屋よりも、割安でしたので」

堂々とした物言いだった。

「それにうちの旦那さんと佐五兵衛さんは、又従兄弟になると聞いています」

「なるほど。よく分かった。手間を取らせた」

今日のところは、それで引き上げるしかなかった。

「十王丸が空船で江戸に入ったのは間違いないが、やはり気になるな」

嶋津は言った。善太郎も同感だった。

ここで嶋津とは別れた。善太郎は寅之助を伴って、大村屋敷へ足を向けた。

屋敷には大村が在宅していて、すぐにここまでの詳細を伝えることができた。

「そうか。卯助なる者を捜し出せたか。それは重畳」

話を聞いた大村は、満足した様子だった。襲撃の模様が、明らかになったからだ。

「佐五兵衛の十王丸は、幸神丸から奪った千二百俵を運んでいたと考えてよさそうだな」

「今のところは、そのようで」

「一色町の船着場へ行く前に、どこかへ降ろせばよいだけだな」

「まさしく。ただ証拠はありません」

「小此木屋も、絡んでいるのであろうな」

紅梅屋に佐五兵衛への口利きをしたのは、おそらく偶然ではない。空船で江戸へ来た十王丸に荷を載せる相手を探していて、都合よく紅梅屋が現れてきたと考えるのが妥当なところだろう。

「充分にありそうです」

「よし。そのあたりを、もう少し探ってもらおう」

「えっ」

もうこれで、放免だと思っていた。

「我らでは探せなかったことを、容易く探ってきた。さすがにその方だ」

「いや」

容易くではなかった。必死だった。

大村に認められるのは嬉しいが、この事件は奥が深そうだ。本音をいえば、荷が重い。しかし断ることはできなかった。

「寅之助は、役に立ったか」

「はい。共に聞き込みをいたしました」

「ならば、このまま使うがよい。食い扶持は、当家から出すゆえにな」

「はあ」

「この者は、商いにも興味があるらしい」

寅之助を預かるのは、迷惑ではなかった。

# 第二話　旗本と商人

## 一

「はてどうしたものか」

善太郎は思案をしながら、両国橋を東へ渡り本所の大黒屋へ向かった。やや後ろを、寅之助が歩いてくる。

幸神丸の生存者を捜し出し、襲った船の見当をつけた。それで終わりかと思ったが、そうはならなかった。ここから先の探索も、容易いとはいえない。

船についても、見当がついたというだけで、具体的な調べの糸口はなにも摑めていなかった。角次郎の考えを、聞いてみたかった。

大黒屋の敷居を跨ぐと、来客があった。米を買いに来た客ではない。角次郎とお万季が相手にしていたのは、戸川屋の蔦次郎だった。

善太郎は前に蔦次郎について調べていたが、初めて会ったような顔で挨拶をした。

「無事に新米が届いているようで」

「お陰様で」

当たり障りのないやり取りだ。

蔦次郎は傍らにいるお波津にも、ちらと目をやった。お波津は善太郎とのやり取りに、穏やかな目を向けている。けれども自分からは会話に加わらない。

善太郎は、こういう時のお波津の気持ちがよく分かる。お波津は蔦次郎を嫌ってはいないが、気に入ってもいないということをだ。

蔦次郎は、まんざらではない様子に見える。話の中に、お波津を入れようとしていた。娘として気に入っているのか、大黒屋の娘だから気に入っているのか、それは分からない。

戸川屋との縁談が進むかどうかは、これからだ。

そして店の奥の帳場に目をやると、正吉が商い帖に目をやりながら算盤を入れていた。蔦次郎らの会話には、まったく関心を示していなかった。

正吉は、自分が婿の候補として大黒屋へ来ていることは知らされていた。しかし蔦次郎も候補だとは知らない。蔦次郎も、帳場にいる正吉が候補だとは知らない。婿候補の顔合わせになっていた。

お万季の話では、正吉はお波津を気に入る入らないよりも、大黒屋の商いに関心を持っている様子だとか。

お万季とお稲は、実の母娘のように付き合い、普段からよく互いに店を行き来した。幼くして母を亡くしたお稲は、お万季の乳を飲んで育った。二人は会えば、こまごまとした話をする。

善太郎はお稲から、二人の婿候補についての様相を聞いていた。

ここで善太郎は、寅之助を一同に引き合わせた。大村家の者として、しばらく羽前屋に逗留する。

「それはそれは、どうぞよろしくお願いいたします」

蔦次郎は下手に出て頭を下げると、引き上げて行った。正吉は他の手代と同様に、寅之助には形ばかりに頭を下げた。

寅之助は、角次郎とお万季、そしてお波津と、順番に頭を下げた。

善太郎はここで、幸神丸に関して調べたすべてと、大村から新たに依頼された内容について、詳細を角次郎に話した。

「佐五兵衛と小此木屋は、幸神丸への襲撃に関わっていそうだな」

角次郎も、大村と同じ意見だった。問題は、どう関わっているかだ。

「また、奪った米をどこへ隠したかも明らかにしなくてはなるまい」

千二百俵となると、相当な量だ。いくら新米の時季とはいえ、目立つ。

「ご府内では、ないかもしれぬな」

米には色はついていないが、仕入れ先を明らかにできない千俵以上の米となると、置いておくのは面倒だ。隠しやすい場所となれば、ご府内からわずかに離れたあたりが適しているだろう。

ほとぼりが冷めた頃に売りに出す。

ただそうなると、捜すのはたいへんだ。その範囲が広くなる。

「どこから手を付けたならば、よいでしょうか」

「佐五兵衛は関宿に家があり、江戸へ来るのはたまにだ。ならば小此木屋から探るしかあるまい」

「はあ」

小此木屋は確かに怪しいが、まだ決めつけるには躊躇いがあった。

「あの店は、十年前には二千俵程度の商いだったはずだ」

角次郎は、昔を思い起こす顔になって言った。その頃のことが、頭に残っているようだ。大黒屋も、角次郎の代で大きくなった。似た伸び方をする商人として、記億にあったのかもしれない。

「商い高が、十年で倍になったわけですね」

「そういうことだ」

羽前屋は、二十年前から千俵程度しか増えていない。それでも商いとしては、順調といってよかった。

大黒屋が一気に伸びたのは角次郎の尽力だが、小此木屋に何があったのかは分からない。ただ主人の庄右衛門（しょうえもん）や番頭の仙蔵（せんぞう）は、やり手だという噂がある。

「佐五兵衛なる船頭との関わりを含めて、小此木屋とその仕入れた米の輸送について当たってみてはどうか。また佐五兵衛も、探れば何か出てくるのではないか」

「はあ」

「二人は又従兄弟（またいとこ）だというし、佐五兵衛の暮らしぶりも派手そうではないか」

女房は、江戸の芸者を引かせて連れて行ったのだった。

「もう一つ、気になることがあるぞ」

と角次郎。

「何でしょう」

「幸神丸は、常に岩鼻（いわはな）陣屋の米だけを運んでいるわけではあるまい」

「はい。他の荷も運んでいます」

「賊はなぜ、その日幸神丸が公儀の荷を積むと分かったのか」

「逃げ延びた卯助の話では、乗り移った賊は、真っ先に警護の役人二人を斬ったとのことです」

それこそが、幸神丸の事情を知っていた証になる。警護の役人は、それなりの剣の腕前だったに違いない。

しかし不意を衝かれれば狼狽える。そこを踏まえて襲ったのだ。

「それで強奪が、しやすくなったわけだ。幸神丸の水主は、警護の者を瞬時に失えば怯えるだろう」

「よほどの手練れだと思うでしょうからね」

「まず士気を削いだわけか」

「まことに。船にどのような者が乗っているか分かった上での動きですね。そうでなければ、もっと手間取ったことでしょう」

賊は乗員を殺し船に火をつけるという手荒な真似をしたが、米を奪う手間のかかる作業も手早く行った。あらかじめ手順を決めた上での犯行と察せられた。

「公儀の者で、年貢米の輸送船に詳しい者が、事情を漏らしたのではないか。そうでなければ、こう手際よくは襲えまい」

そもそも無理だ。

「まことに」

「事情を知り得た者で、それを漏らした者を捜すのだ」

「はっ」

ならばそれは、岩鼻陣屋に関わりのある者となる。

善太郎と寅之助が大黒屋から引き上げようとしたとき、「あら」とお波津が声を出した。寅之助の傍へ寄ってきた。

指差した寅之助の袴(はかま)の部分に、かぎ裂きができている。

「これは」

本人も気づかなかった。旅先でできたらしい。

「ちょっと待って」

お波津は糸と針を持って来て、繕ってやった。

寅之助は困ったような顔をしたが、終わるまでじっとしていた。

お波津は手代でも小僧でも、気がつけば気さくに縫物をしてやる。寅之助に特別な気持ちがあったからではない。

大黒屋の奉公人たちは、お万季やお波津に懐いていた。二人は、角次郎に劣らないくらい厳しいことも口にするが、世話も焼いてやる。

二

お波津は、正吉を伴って屑米（くずまい）を仕入れに行く。百文買いの客に対応するためだ。銭百文を握りしめて買いに来る客は、たとえ屑米が交ざろうと少しでも多く量が欲しい。これに麦や雑穀を加え嵩（かさ）増しをして食べる。

屑米が交ざらない米を買うのは、懐具合がいいときだけだ。

お波津は、裏店（うらだな）住まいの客を大事にしたいと思っていた。店がどんなに大きくなっても、百文売りは止めない。

正吉には、米袋を入れた籠（かご）を背負わせる。手代であろうと誰であろうと、新しく入った者には、大黒屋の商いのすべてに関わらせる。それは角次郎の方針だった。

銀次郎にも、大黒屋へ来てからしばらくはこの仕事をやらせた。

「問屋が、なぜそんなことを」

正吉は不満らしかった。取るに足らない商いと、見下した印象があった。一方、嘉助の供をして、大口の顧客を廻るときには活き活きとした目をしていた。

「大黒屋は、間口二間の舂米屋から始まったの。どんなに大きくなったとしても、そのときの気持ちを忘れてはいけないでしょ」

歩きながら、お波津は大黒屋が百文売りを続けている理由を話してやった。

「そうですか」

一応頷いたが、得心した顔ではなかった。

「百文売りが大事なのは分かりましたが、他の店から仕入れた屑米を交ぜてまで嵩増ししてやるのは行き過ぎでは」

大黒屋のすることではないと言いたいらしい。屑米は大黒屋からも出る。それで充分ではないかと目が言っていた。

「利も少ないですから」

と続けた。

「でも、米をやっと口にできる人は、その方が喜ぶでしょ」

これがあるから、大黒屋は裏長屋の人たちにも親しまれていた。お波津は、店に来た女房達の愚痴にも耳を傾けてやる。

「はあ」

逆らうことは口にしない。

相生町の春米屋の前に立った。声掛けから、すべて正吉にやらせる。

「ごめんなさいまし。大黒屋から参りました」

敷居を跨ぐと、笑顔を拵えた。丁寧に頭を下げて、依頼を口にした。

「おや、初めて見る顔ですね」

「お見知りおきを願います」

出てきた女房に応えた。馴染みの店だったから、すぐに二升を分けてくれた。

次の店へ行く。馴染みの店でも、屑米がいつもあるとは限らない。

「次にはお願いをいたします」

正吉は愛想笑いをして頭を下げた。そこらへんは上出来だった。ただ気持ちの奥で、この仕事を軽く見ている。明確な理由はないが、三軒訪ねたところでお波津は感じた。

「銀次郎さんには、それはなかった」

お波津は、胸の内で呟いた。銀次郎は初め、満足に頭も下げられなかった。融通が利かず、お世辞の一つも言えない。米俵も満足に担えなかった。

使えないやつだと思ったが、百文売りの商いを軽く見ることはなかった。不器用なりに、精いっぱい取り組んだ。利益の多寡で、気持ちを変えることはなかった。

役に立つという点では比べ物にならないが、お波津にしてみれば正吉はしっくりこなかった。

「いつの間にか、銀次郎さんと比べている」

そう気がついて、どきりとした。銀次郎が、人を見るときのもとになっている。

銀次郎は初めこそ使えなかったが、徐々に変わった。大黒屋の婿にしてもいいと、角次郎が口にするまでになった。

「正吉はどうだろう」

その予想はつかない。

「正吉さんは、どうして札差に奉公をしたのですか」

まずは、聞いてみたかった。深川の町並みに出ていた。

「井筒屋の旦那さんとは遠縁で。それに家が舂米屋でしたから、米に関わる商いをしたいと思いました」

「…………」

札差は米を扱うが、米屋ではない。直参を相手にした金貸しの方が、商いの割合が大きかった。

お波津の疑問を察したらしい。正吉は言い足した。

「お足を稼げます。春米屋よりも、大きな商いができます」

胸を張った。商人が目指すこととしては、間違っていない。

「では、大黒屋の商いはどうですか」

「はい。米の現物を扱って、年に七千俵の商いは大きいです」

「なるほど」

嘉助と顧客を廻ったときの興奮を語った。百俵二百俵と、買い手がついて行く。

「仕入れ先の村にも、行きたいですね」

やる気はある。

実家の舂米屋についても尋ねた。

「弟がやるでしょう。あいつには、ちょうどいい」

「舂米屋程度、ということですか」

むっとした声になったのが、自分でも分かった。

「家業の舂米屋を、軽く見たのではありません。ただ弟は守るだけで、覇気がありません」

生真面目な顔になって言った。屑米買いは、手間もなく目的の量を得ることができた。

「もう、一人でも廻れますね」

「ええ。お波津さんの手を煩わせることはありません」

満足そうに言った。銀次郎と廻ったときのことが、懐かしく思い出された。あの時間は、もう戻ってこない。

一刻半ほど一緒にいたが、お波津自身について問いかけられることはなかった。蔦次郎からは、いろいろと尋ねられた。

訊いてほしいわけではないが、何もないとどうも物足りない。

深川馬場通りの賑やかな道を歩いている。飲食をさせる店も少なくなかった。目の先に甘味屋があって、立てられた藍染の幟が揺れていた。甘い餡のにおいが鼻をくすぐってくる。

歩く経路は決まっていたから、帰りにはここに立ち寄って、二人で汁粉を食べてもいいと思っていた。

けれどもお波津は、何も言わないでその店の前を通り過ぎた。

## 三

羽前屋へ帰った善太郎は、お稲が淹れてくれた茶を飲みながら、大村や角次郎とした話を伝えた。庭では、お珠を背負った子守りのお咲が、歌をうたってやっている。

きれいな、透き通るような声だ。九歳の孤児で、他に行くところがない。お波津の口利きで、羽前屋へやって来た。お珠を、実の妹のように可愛がる。夜には、小僧たちと一緒に読み書き算盤も教えていた。

年頃になったら、羽前屋から嫁に出すつもりだ。

「小此木屋さんならば、同じ深川なので、屋号は祝言を挙げる前から何度も耳にしたことがあります」

善太郎の話を聞き終えたお稲は言った。祖父恒右衛門の口からも、店の話を聞いたことがあったとか。

「大黒屋ほどではないが、この十年くらいで伸びてきたと、じいちゃんは言っていました」

羽前屋は老舗（しにせ）で、恒右衛門は深川の米問屋仲間からは重鎮として敬われていた。

「なぜ伸びてきたのか、そういうことは口にしなかったか」

「さあ」

お稲は首を傾げた。しばらくして、思い出したらしく口を開いた。

「不作の年でも、なぜかちゃんとした仕入れができているとか」

大黒屋や羽前屋が、仕入れ量の確保にあくせくしていたときだ。どうやって手に入れたかは分からない。

自分の店の仕入れに精いっぱいで、調べるなどできなかった。

「そのあたりの事情が分かるのは、誰だろうか」

「房州屋（ぼうしゅうや）さんあたりではないでしょうか」

ここも、老舗といわれている店だ。深川界隈（かいわい）の米問屋仲間の肝煎（きもい）りをしている。恒右衛門とは商売敵であり、昵懇（じっこん）の間柄だった。

それから善太郎とお稲は、お波津の婿候補蔦次郎と正吉について話をした。誰になるかは、夫婦にとっても気になるところだった。商いの面でも、深く関わって行くことになる。

「蔦次郎さんには、戸川屋さんという後ろ盾がありますね」

「うむ。しかしいざというときに踏ん張れるのは、正吉の方ではないか」

見た印象を、善太郎は伝えた。お稲も、正吉の顔は見たそうな。

翌日善太郎は、寅之助を伴って油堀河岸にある房州屋を訪ねた。お稲が、手土産を用意した。

「いらっしゃいませ」

善太郎も深川の米問屋の中では、旦那衆の一人になっている。恒右衛門の婿として、房州屋とは関わってきた。だから主人は、初めから好意的に接してくれた。店先ではなく、奥の部屋に通された。

大黒屋角次郎の倅だということも知られている。店の信用は大きい。

善太郎は、大村からの依頼については触れず、順調に商い量を増やしてきた小此木屋の商いについて参考にしたいと告げた。

「ほう。小此木屋さんが気になりますか」

房州屋は、善太郎の話を聞いて頷いた。不審に思った気配はなかった。

「はい。確かな仕入れをなさっているとか」

「ええ。不作の折でも、品不足になったという話を聞きませんね。それなりの高値をつけてはいましたが」

よく覚えていた。安定した納品は、問屋の生命線だ。

大黒屋と羽前屋も、それを目指してきた。

「小此木屋さんの仕入れ先は、不作の折でも、しっかりとした出荷ができたのでしょうか」

どこの村かは分からないが、そこだけが他と比べて安定した出荷ができるとは思えない。大黒屋と羽前屋は、仕入れが安定する札差株を得るために、幕府米を扱うことにした。

そういう対応を、小此木屋はどこでしたのか。知りたいのはそこだった。そこに何かが潜んでいるかもしれない。

「さあ。どこかに縁故があって、そこから仕入れていたのではないですか」

米は湧いて出てくるものではないから、房州屋が言った通りではあるだろう。

「どのような縁故でしょうか」

「分かりませんな。小此木屋さんにしたら、話したくないところではないですか。極秘の仕入れ先を、荒らされてはかなわないですからね」

房州屋は、小此木屋を悪辣な商いをする者として捉えてはいない。商人には、不正の品でなくても、商売敵に内密にしておきたい事柄は少なからずある。

ただ今は、そこを探らなくてはならない。幸神丸の件に関わりがないならば、あえて掘り起こすようなことはしないつもりだった。

仕入れの謎は、房州屋からは聞けない。というよりも、知らないようだ。それならば、卸先はどうかと考えた。

小此木屋から仕入れをしている小売りや一膳飯屋など大量に仕入れる店では、何かを知っているかもしれない。

「小此木屋さんの卸先として、ご存じの店はありますか」

分かっていたら教えてほしいと頼んだ。

「ならば菅原屋さんではないですか」

深川黒江町、馬場通りにある舂米屋で、小売りとしては大きい店だ。善太郎も店は知っていたが、仕入れ先が小此木屋だったとは知らなかった。他にも、深川界隈で二軒の名を挙げてもらった。

善太郎と寅之助は、黒江町へ足を向けた。富岡八幡宮の一の鳥居に近い町だ。

「舂米屋は、精米と小売りをするわけですね。白米を食べるというのは、ずいぶん贅沢な話です」

寅之助は言った。大村家では、主家の者たちでも玄米を食べるとか。大黒屋や羽前屋でも、商品である米を、白米にして食べることはしない。主家の者も奉公人も、玄米に麦を交ぜて嵩増しをして食べた。

店の前に、二人は立った。間口は四間で、古いがしっかりした建物だった。見ている間にも、客の出入りがあった。

寅之助は木戸番小屋へ行った。菅原屋について、番人から聞き込みをしてきたのである。

「主人は伝吉といって、四十一歳だそうです。二十歳前後の跡取りと、二十代半ばの手代がいるとか。商いは、順調なようです」

訪ねる前に、この程度のことは知っておいた方がいい。寅之助は、善太郎に言われる前に自ら気付いて行動した。

「ごめんなさいまし」

敷居を跨いでから、善太郎が声をかけた。

店の奥には羽織姿の四十年配の男がいて、それが伝吉だった。小太りで、下膨れの顔は浅黒かった。

「ひょっとして、羽前屋さんの旦那さんでは」

向こうから言った。善太郎は初めて見る顔だが、向こうが知っている様子だった。羽前屋が何の用だという顔を一瞬したが、すぐに笑顔を見せた。

「こちらは小此木屋さんから品を仕入れているそうですね」

「ええ、もうかれこれ二十年以上になります」

善太郎は房州屋で話したのと同じように、小此木屋の商いに学びたいとして、訪ねたことを伝えた。房州屋から聞いたことも言い添えた。

「さようで」

いやな顔はせず、ともあれ話を聞こうという姿勢を取った。

「小此木屋さんの納品は、不作の折でも滞りなくなされていたとか。大したものです」

「はあ」

「長いお付き合いのようですが、それはずっと前からですか」

「そうでもなかったと思います。何しろ米の出来不出来は、年によりますので」

米商いの者ならば、それは分かるだろうという目を向けてきた。善太郎は構わず問いかけを続けた。

「しかし今は、乱れることもなくなったわけですね」

「まあ。私どもでは、大助かりです」

笑顔を見せた。

「それは、いつごろからですか」

自分も問屋として見習いたいとした上で続けた。あくまでも、穏やかな口調にしている。

「そうですね。十年くらい前からでしょうか」

しばらく考えてから答えた。

「十年ほど前に、何があったのでしょう」

伝吉の答えを聞いて、善太郎の頭にまず浮かんだ疑問はこれだった。

「さあ、取り立てての出来事はなかった気がしますが」

伝吉の顔に、困惑の色が浮かんだ。返答のしようがないといった顔だった。小此木屋に何があろうと、それをいちいち卸先に伝えるわけもない。

「目立つような、大きな出来事でなくても、何か思いつくことはありませんか」

「気がつきませんねえ。それにずいぶん前のことですから」

もう一度考えるふうを見せてから口にした。

「いや、お手間を取らせました」

善太郎は丁寧に礼を言ってから、菅原屋を出た。

「どうですか。何か怪しいところがありましたか」

次の店に向かって歩きながら、善太郎は寅之助に声かけた。

「あれだけでは何とも」

首を傾げた。大きな悪事ができそうな者には、見えなかった。

二軒目は、間口二間半の小店だった。とはいっても、それなりに客の出入りのある店だった。三十代半ばの歳の主人が、相手をした。

善太郎はここでも丁寧に頭を下げて、小此木屋について話を聞かせてほしいと伝えた。

「うちも親の代から、小此木屋さんの品を仕入れていますよ」

前と同じことを聞いてゆく。同じような答えが返ってきた。

「仕入れが安定するようになってから、なにか前と変わったことはありませんか。どんなことでもかまいません」

続けて尋ねる。ないと告げられれば、それで引き上げるつもりだった。

「そういえば、半分は他の店の納品よりも、少しばかり遅くなりました」

「ほう」

「でも半分は先に入れてもらっているので、困ることはありませんが」

そういうこととして、品を受け取っていた。

「なぜ二度に分けるのでしょうか」

「さあ。仕入れの都合ではないですか」

それを不都合だと考えている気配はなかった。小売りにしてみれば、数さえそろえばそれでいい。

「不作や凶作の折に値が上がるのは仕方がありません。二度になろうが、それは気にしません」

三軒目の店に行った。ここでは初老の主人が相手をした。一軒目とほぼ同じくらいの間口の店だった。前の二軒と同じ問いかけをして、似たような返答を得た。

安定した仕入れができるようになってから、前と変わったことはないかという問いかけもした。

「それならば、二回に分けて納品をするようになったことですかねえ」

「後のが、やや遅れるわけですね。それは毎年のことですか」

「そうです」

「何かわけがあるのでしょうか」

「仕入れの都合だとは聞きましたが」

「他の店もそうですか」

「たぶん同じじゃないですか。そんな話を、菅原屋さんと話したことがあります」

「なるほど」

ここの主人も、入荷することは分かっているので、半分が少しくらい遅れることは気にしていなかった。

「でも後半の仕入れ量は、菅原屋さんの方がうちなどよりもずいぶん多かったように感じますが」

わずかに羨む気配があった。

これで房州屋から教えられた、小此木屋から仕入れをしている三軒の小売りを廻り終えた。

羽前屋へ戻る道を歩きながら、寅之助が問いかけてきた。

「納品が一部遅れるのは、よくあるのでしょうか」

そこが気になったらしい。

「常ではありませんが、そういうことはままありますよ」

収穫された米は、まず領主から年貢徴収される。残った米や各藩の禄米が換金されるのはその後で、場合によっては遅れることもある。

「しかし毎年決まってとなると、あまり聞きませんね」

善太郎も、そこが気になった。ただ腑に落ちないことは、もう一つあった。それを口に出してみた。

「三軒の内、入荷が二度になり後半が遅れる話を、最初の菅原屋だけがしなかった。言い忘れただけかもしれないが」

他の二軒よりも、後半に卸される量が菅原屋が多いという話もあった。

「分かっていて口にしなかったとしたら、そこに何かありそうですね」

寅之助は、大きく頷いた。何か隠しているのかもしれないと言い足した。廻り終えて、小此木屋の仕入れ先と、菅原屋の対応が気になった。

「では小此木屋と菅原屋を、さらに当たってみましょう」

寅之助が言った。大村から依頼をされていても、善太郎は羽前屋の商いもある。新米の到着時は、米問屋にとっては一番多忙な時季だ。

「目当てがありますか」

「まあ、捜します」

寅之助は答えた。

# 四

油堀に架かる千鳥橋を渡る前のところで、善太郎と別れた寅之助は立ち止まって考えた。掘割では、荷船がしきりに行き交っている。艪の音が、絶え間なく聞こえてきた。

「はて、どこをどう当たったものか」

善太郎には「捜す」と答えたが、当てがあったわけではなかった。小此木屋や菅原屋を怪しいとしたが、明確な根拠があったわけではない。菅原屋が、納品が二度になり、後半が遅れる話をしなかったことについても、あえて言わなかったのか、ただ思いつかなかっただけなのか、そこははっきりしなかった。

ただ他に探る場所が見当たらなかったから口にしただけだ。大村家から来ている以上、何もしないわけにはいかない。

そして口にしてしまったからには、何もありませんでしたでは帰りにくくなった。

大黒屋にも行き、羽前屋と二つの店の商いの様子を見た。商家へ行くのは初めてではなかったが、それなりの間、商いの様子を目にすることができたのは初めてだった。

奉公人たちはきびきびと動いていたし、角次郎も善太郎も迅速な判断をしていて、自信に満ちているように感じた。奉公人に指図をするときの眼差し(まなざ)しに、鋭さがあった。そして客に対峙(たいじ)するときは、目つきや表情が変わった。

これが商人(あきんど)かと思った。

お万季やお波津、お稲といった女衆も、よく気がついて賢そうに見えた。お波津は袴(はかま)のかぎ裂きに気づいて繕ってくれたが、自然にできる配慮で驚いた。そつのない人だと思った。

もちろん大村家の勘定方(かんじょうかた)にも緊張感はあった。ただ旗本家の収入は、限られたものだった。

しかし商家は違う。商いの仕方によって、その額を大きく変えることができる。

二つの店にあったのは、そういう張り詰めた緊張感だった。

角次郎も善太郎も、元は有能な勘定組頭(かんじょうくみがしら)だったと大村から聞いた。侍を辞めて商家に下った心情については、関心があった。

「何としても、次の調べに繋(つな)がる手掛かりを得なくては」

善太郎に認められたい気持ちは強かった。大村は善太郎を高く評価している。だからこそ、今回の依頼があった。

油堀の船着場では、荷船から新米の荷下ろしが行われ始めた。人足たちが、掛け声を上げている。ぼんやり見ていて、思いついた。

「輸送の船だ」

小此木屋に訊いたところで、悪事に加担しているならば、正直に話すわけがない。しかし輸送の船を当たれば、事情が分かるかもしれないと考えたのだ。

それが幸神丸襲撃に繋がれば、役に立てたことになる。

善太郎と廻った三軒を、もう一度一軒ずつ当たることにした。今度は主人ではなく、小僧や手代に的を絞る。

二軒目に行った小店では、小此木屋の小僧が荷車に俵を載せて運んできていた。しかし扱い量の多い菅原屋と最後の店では、深川界隈で荷を運んでいる馴染みの船頭が荷を運んでくると聞いた。

三十石積みの持ち船で荷を運ぶ、留造なる船頭だ。

海辺大工町にある留造の住まいを訪ねた。留守だったので、居合わせた女房から今日の荷送り先を聞いて、そこで捕まえることができた。

「ええ、小此木屋さんの荷は、よく運びますよ。でもね、たいていは店の倉庫から出しますから、その前のことは分かりませんね」

あっさりと言われた。ならば小此木屋へ行って訊こうかとも思ったが、さすがにそれは止めた。探っていますと、伝えるようなものだ。

「では、小此木屋の仕入れ先の村から運んできた船については、話に出たことはないのだな」

「いや、それは」

留造は、少しばかり考えてから口を開いた。

「遠くから来た大きな船から降ろして、そのままおれの船に移したことがありました」

手応え（てごた）のある返答だった。

「その船を見たか」

「もちろん。運んでいる間は、船着場にいましたから」

「どこの船問屋か分かるか。船の名でもかまわないが」

「さあ、何年も前のことですからねえ」

これでは手掛かりにはならない。江戸にある米は、すべてどこかから運ばれてきたものだ。江戸は消費するだけの町である。

「せめて、船の大きさくらいは分からないか」

「それならば、ありゃあ五百石船ですね」

川で荷運びをする者ならば、目にしただけで船の大きさは分かるだろう。

問いかけの内容を変えた。

「小此木屋は、新米を二度に分けて運ぶと聞いたが、どちらも運ぶのか」

「もちろん、運びますよ」

「五百石船を見たのは、どちらだ」

「後の方です」

「前半の荷は、どのような船が運んで来るのか。小此木屋の若旦那や番頭と話したことはなかったか」

「思い出せませんね」

仕方がないので、寅之助は深川一色町へ行った。小此木屋の隣は、醬油問屋だ。店の前で水を撒いていた小僧に銭を与えて問いかけた。十六、七歳といったところか。

「小此木屋では新米が二度に分けられ、遅れて着く船があることに気づいているか」

「そういえば、他の問屋さんよりも遅れて船が入るのは毎年見ます」

思い出すふうを見せてから答えた。

「初めの方に来る船と後から来る船は、同じものか」

それならば、一つの船問屋が請け負ったことになる。

「いや、そうじゃないですね。初めの輸送は二百石積みから三百石積みだった気がしますが、後から来るのは五百石船です」

「遅れてくるのは、五百石積み一回だけか」

「そうですね。後からのは、毎年同じ船かと」

心の臓が音を立て始めた。

「その五百石船の名は、分かるか」

寅之助は、早口になったのが自分でも分かった。

「さあ」

小僧は怯(おび)えた顔になって応じた。思い出せないようだ。

そこで醬油問屋から、手代が出てきた。寅之助は小僧を解放して、手代に同じことを問いかけた。

「小此木屋の新米は二度に分けられ、後半はいつも同じ五百石船が運んでくるそうだな」

「そういえば」

手代は少しばかり考えてから答えた。

「その船の名は分かるか」

「ええと、十という数字がついたような」

「ならば、十王丸(じゅうおうまる)ではないか」

「そ、そうです」

後から着く五百石船は、佐五兵衛の船が運んでくることになる。

「これはどういうことか」

寅之助は胸の内で呟(つぶや)いた。耳にした話の流れを整理すると、十年前から佐五兵衛が運ぶ米を扱うようになって、小此木屋は仕入れが安定し、繁盛をしてきたことになる。

「何か裏があっても、おかしくはないぞ」

それは幸神丸事件にも繋がることではないか、と考えたのだった。

## 五

そろそろ夕暮れどきという頃、寅之助が羽前屋へ戻って来た。目を輝かせている。

善太郎は、調べの結果を聞いた。

「そうですか。後半の輸送だけで、十王丸が使われたわけですね。これは大きなことですよ」

聞き終えた善太郎は、その働きをねぎらった。寅之助は、まんざらではない表情だ。

「荷を遅らせるとは、何を意味するのでしょうか」

寅之助は、呟いた。問題はそこだった。事件の謎を解く鍵(かぎ)が、そのへんにありそうだ。

善太郎は、頭の中でもう一度、起こった出来事を振り返った。気になるのは、幸神丸を襲った折の、十王丸の手際の良さだった。幸神丸の動きや人員構成を漏らした者がいるのは間違いないが、それだけではない。

「十王丸は、船を襲うことに慣れている」

耳にした限りでは手馴(てな)れていて、初めてではないという印象だった。

「なるほど。十年前からやっていそうですね」

寅之助は、すぐに善太郎の心中を汲(く)み取った。

「奪って、すぐに売りに出すのでは怪しまれると踏んだのか」

「仕入れ先を問われて嘘を言い、ばれたら面倒というわけですね」

「ほとぼりが冷めた頃に運んで、あちこちから残り米を少しずつ集めたとすれば、遅れた言い訳になるな」

「佐五兵衛は奪った米を、小此木屋へ渡して金に換えていたという流れですね」

「そうです。それならばここまでの動きの、説明がつきます」

証拠はなくても、十王丸の佐五兵衛が、今回幸神丸だけを襲ったと考える方が無理がある。

「しかし船の盗賊が荷を奪う話は、江戸では耳にしませんね」

「それはそうだが、江戸までは伝わらなかっただけではないか」

これまでに天領の米を奪う者があったとしたら、小笠原(おがさわら)や大村が出るまでもなく公儀の手の者がとことん洗い出すはずだ。となると襲ったのは、商人米か諸藩や旗本家の米となる。

大名や旗本は、面子を重んじるから、年貢米を奪われても公にはしない。表沙汰になれば、そんな管理もできないのかと責められる。襲われたその家で探るしかなかった。取り返すことができなければ、泣き寝入りをするだけだ。

「小笠原様やわが殿は、そのあたりをお調べにならないのでしょうか。そこから十王丸もしくは佐五兵衛に繋がる糸口が摑めるかもしれません」

「それもそうだな」

善太郎が調べるには手間と暇がかかるが、小笠原や大村ならばできそうな気がした。

「では、お願いをしてみましょう」

何かをなすならば、少しでも早い方がいい。すでに日は暮れかかっていたが、善太郎と寅之助は麴町の大村屋敷へ出向いた。

大村は留守だったが、寅之助の父甚左衛門には会えた。ここまで分かったことを伝えた。

「早速のお働きですな」

「寅之助殿の聞き込みがあったればこそです」

「いやいや、何より」

倅の働きぶりに満足していた。善太郎は、訪ねた目的を伝えた。

「なるほど。明らかにしておきたいところでござる」

そう頷いてから、甚左衛門は続けた。

「我が殿も怪しいとお考えになられて、利根川や江戸川を差配地とする岩鼻陣屋へ調べを依頼しております」

さすがに大村の動きは早い。ただ結果はまだきていなかった。

「読売などで騒がれなくても、荷船が襲われることはあったようでござる。夜になれば、江戸とは違って人の目もなくなりますからな」

「まさしく」

甚左衛門は、岩鼻陣屋から知らせが来次第、羽前屋へ伝えると言った。陣屋の調べなど、いつになるか分からないという気持ちがあった。村の者が申し入れをしても、重い腰はなかなか上がらない。

けれども待つしかなかった。

善太郎がした大村への依頼の返事は、意外に早かった。翌日の夕暮れ前には、甚左衛門が羽前屋を訪ねてきた。

「これは仰天です」

「我が殿が、尻を叩きましてございます」

万事に動きの遅い陣屋だが、公儀の肝煎りで行う調べなので、もたもたしていては己の評価に繋がる。そういうときは、速やかな調べをするようだ。

「それでどのようなことに」

奥の部屋で、向かい合って座った善太郎は膝を乗り出した。

「さすがは我が殿、慧眼でございました」

甚左衛門はまず、大村を立てた。そして善太郎と寅之助に目を向けてから口を開いた。

「荷を積んだ船を襲う賊の船は、少なからずあるとのことでございます」

「やはりな」

「米はもちろんでござるが、江戸への船では醬油や〆粕、干鰯などもあるそうで」

逆に江戸からの船では、繰綿や絹織物など下り物の品が狙われた。小さな舟で襲う小悪党もあるが、五百石の船で襲ってくることもあるとか。

「知らせを受けた陣屋では、どういたしますか」

「気をつけるようにと、注意をするそうで」

つまり報告を受けるだけで、何もしないということらしかった。大名旗本は届けないので、伝えられたのは商人米の盗難事件に限られる。

「合わせると数百俵、千俵を超す年もあるようで」

「賊は、捕らえられたのでしょうか」

「船に用心棒を乗せておいて、襲った者を捕らえたという話もあります。しかし五百石の大型船では、賊の数も多く、どうにもならないようです」

賊は顔に布を巻いている。襲ってくるのはおおむね夜で、歯向かって殺された者もいるとか。

「だとすれば、すべてが十王丸の仕業とは言えないでしょうが、やっていたと考えてよいのではないですか」

「さよう」

寅之助の言葉に、甚左衛門は頷いた。そして続けた。

「大型船による襲撃は、ほぼ十年前から毎年のようにあるようです」

「被害はどの程度で」

「百俵からせいぜい三百俵までだそうで」

「しかしそれは、陣屋が摑んだ数字ですな」

善太郎は念を押した。

「いかにも」

ならばもっと多いに違いなかった。

大名や旗本家の米ならば、陣屋に被害を訴えることはない。だからこそ幕閣は、市井の者には幸神丸事件をうやむやにしながらも、躍起になって賊を捕らえようとしていた。

「公儀は、捕らえられないおまえたちとは違うぞ」

と力を見せつけなくてはならない。

善太郎にしてみれば、そんな公儀のために役立ちたいとは考えていない。すべて大村のためだ。

「また一回だけの襲撃ではなく、複数の船への襲撃となれば、相当の量になりますな」

「まことに」

「襲った船の名は、分からぬのでしょうか」

「現れるのは、おおむね夜間です。いきなりのことでもありますから、船名を見るどころではないようです」

　そもそも分かっていたら、陣屋はそれを公にし注意を促す。船問屋などは、銭を出し合って追討の手配をするに違いない。

「十年前から、十王丸が強奪を行っていたとして、今年は公儀の米を狙いました。手引きをした者が誰か、次はそこを探らなくてはなりませんね」

　寅之助が言った。

「それがはっきりすれば、十王丸が襲ったとの証拠も現れ出てくるのではないか」

　善太郎が続けた。賊の狙った船が、偶然天領の年貢米を積んだ幸神丸だったとは考えない。

六

「やはり小此木屋を当たるしかあるまい」

　甚左衛門が引き揚げたところで、善太郎は腰を上げた。そろそろ夕方で、道には薄闇が這（は）い始めている。

「当てがあるのでございますか」

「ありませんがね、探らなくては話が進みません」

小此木屋のある一色町の隣伊沢町に店を構える米問屋の若旦那万之助は、善太郎とは親しかった。同い歳で、互いに入り婿だった。

万之助は店の手代だったが、商人としての技量を認められて婿になった。隣町の小此木屋について、気がつくところがあれば話してもらえると思った。小此木屋とは商売敵だから、親しいわけではなかった。それで前は訪ねて行かなかったが、もうそんなことは言っていられない。

酒でも飲ませて訊くつもりだったから、善太郎は一人で出向いた。飲むにはちょうどいい刻限だった。

店へ行くと、万之助は薄暗い倉庫で新米の数合わせをしていた。手代がした仕事を、確かめているのである。

「飲ましてもらえるのは、ありがたいですねえ。でもこれが終わらないと、店から出られない」

万之助は言った。店では舅が達者で、商いの実権を握っている。若旦那とはいっても、命じられた仕事をこなすのが日課になっていた。小遣いも充分に貰っているわけではないから、奢られるのは嬉しいのだ。

もともと酒好きだった。

待つことにした。万之助が通りに出てきたのは半刻後で、あたりはすでに真っ暗になっていた。

「まったく。こき使われて、かないませんよ。婿なんて、ただで使える奉公人だくらいにしか考えていないんですから。あの業突親父は」

歩き出すと言った。善太郎は口が堅いから、聞いたことを外に漏らすことはない。それが分かっていての愚痴だ。

舅である主人を恨み、煙たがっている。

一色町と伊沢町は並んでいるが、二つの町は油堀西横川に接している。その対岸の加賀町にある小料理屋に二人で入った。

どちらの町からも離れた話しやすい場所を、善太郎が選んだ。

「やっぱり、熱燗がいいねえ。煮しめもお願いしますよ」

万之助は、遠慮がなかった。割り勘のときは、慎重に品を選ぶ。小遣いに窮しているのは分かった。

「善太郎さんはいいですねえ。婿とはいったって、代替わりをして主人ですから。商いだって、金をどう使うかだって思いのままでしょう」

「いやいや、そんなことはありませんよ」

胸にある不満は聞いてやる。大黒屋と羽前屋の関係や、お稲との繋がりがあるから、婿だといっても、善太郎が窮屈な思いをすることはなかった。主人になったときには、先代の恒右衛門は亡くなっていた。

羽前屋の商いについて、善太郎に指図する者はいない。

しかし万之助はそうではなかった。舅は厳しく、女房も奉公人上がりと見下すことがあると愚痴っていた。

「善太郎さんが、羨ましいですよ」

言いながら万之助は、ぐいと杯の酒を飲み干す。煮しめの竹輪を口に放り込んだ。

「お稲さんは、あんたにぞっこんだから」

「そんなことはないですよ」

大店老舗の婿になれるのは、奉公人にとっては幸運といっていい。しかしのんびり暮らせるわけではないし、自分が望むような商いができるわけでもないのが普通だった。舅や親戚筋がうるさい。姑や大番頭も睨みを利かせている。

万之助は手酌で酒を注ぎ、ちろりが空になると勝手に注文をした。

善太郎は酔いつぶれる前に、問いかけをしようとうかがい、やっと本題に入ることができた。

「隣町の小此木屋を知っているね」

「もちろんですよ。私が小僧で入った頃には取るに足らない店だったが、近頃ではずいぶん大きくなった」

体がぐらつき始めている。それでも杯を空けると、自分で注いだ。

「なぜ大きくなったか、見当がつきますか」

「さあ、どうしてだかねえ」

真剣に考えてはいない。主人の庄右衛門や番頭の仙蔵がやり手だとは言った。

「主人や番頭は、どんな商いをするのかねえ」

「さあ。そんなことを見ている暇は、私にはありませんよ」

ここで大きなげっぷをした。そのまま愚痴になりそうなので、慌てて問いかけをした。

「小此木屋には、武家が出入りをすることはないのだろうか」

商人米を扱う店だから、武家には縁がないはずだ。ただ十王丸が幸神丸を襲ったことについては、岩鼻陣屋に関与する武家がいたのではないかと善太郎は考えている。仮に出入りする者があったら、その人物は怪しい。

「直参ではなく、大名や旗本家の家臣でもいいのだが」

「詳しいことは、分かりませんよ。見張っているわけではないですからね。でもお侍が店に入るのを見たことはありますよ」

　ごくたまにだが、一度や二度ではないらしい。

「どこの家中か、分かりますか」

「そんなことは、知りません」

　万之助は、新たな酒を注文した。煮しめの蒟蒻を、指でつまんだ。

「何にしても、善太郎さんが羨ましいですよ。私なんて、手代にやらせられない面倒なことばかり押し付けられる」

　また愚痴になった。善太郎の問いかけなど、頭に残っていない様子だった。

「私も早く主人になりたいが、舅はいつまでも丈夫でねえ」

　一刻近く飲み食いされて、愚痴を聞かされて、代金を払ったのは善太郎だった。まだ訊きたいことがあったが、訊けなかった。

「外であんまり長く飲んでいたら、面倒なことになるから。口煩くてねえ」

　万之助は立ち上がった。

「馳走になったね」

　礼を言うと、さっさと小料理屋から出て行ってしまった。呼び止める間はなかった。

「まあ、仕方がない」

がっかりはしたが、すぐに手掛かりを得られるとも考えていなかった。帰路、小此木屋を覗いたが、戸は閉められていて、中の明かりが外に漏れるばかりだった。

善太郎は町の木戸番にも尋ねたが、武家についての手掛かりは得られなかった。


翌日は、寅之助が小此木屋を見張ると言って羽前屋を出て行った。若旦那庄太郎と番頭仙蔵の動きが気になるところだった。

残った善太郎は、新米の納品先についての商い帖を検めた。江戸へ戻って来た久之助は、出納の綴りを検めている。

「ごめんなさいよ」

そこへ万之助が、店の小僧を連れて姿を見せた。

「夕べは、馳走になりました。気持ちよく酔えました」

「そりゃあ何より」

さんざん愚痴を言い、人の金で酔えればさぞかし気持ちいいだろうとは思ったが、口には出さなかった。

「あれから小僧たちに当たったんだが、一人、小此木屋に出入りした侍をよそで見たと言う者がいてね」

どうだ、という顔をした。

万之助はただ酒をたらふく飲んだが、善太郎の問いかけを忘れたわけではなかった。自分は何も気づいていなかったが、店の奉公人には訊いてくれたのである。

その小僧が、連れてきた者だった。

「十日くらい前ですが、高橋を渡った先の常盤町へ米を届けに行きました。その帰り道で、見かけました」

「初めから、侍が誰か分かったのか」

「いえ、どこかで見たと思っただけです」

強そうな身なりで、怖い顔だった。どこで見たのかと首を捻ってから、小此木屋から出てきた侍だと気がついた。

「その侍は、どうしたのかね」

「高橋の南の道を歩いて、霊巌寺手前のお屋敷に入りました」

「その屋敷へは、客として訪ねたのか」

「そうではないです。門番には威張った口を利いたので、屋敷の偉い人だと思いました」

小僧の目は、信じられそうだ。侍は供を連れていなかったとのことで、主人ではないだろう。

「どの屋敷か、分かるのだな」

「へえ」

「案内させたらいい」

万之助が言ってくれた。

「侍の顔を確かめたいが、半日くらいはいいか」

「しかたがない」

迷惑そうな顔をしたが、だめだとは言わなかった。

夕べ飲ませてやったもとは、これで取れた。早速、出かけた。

「このお屋敷です」

小名木川（おなぎがわ）と霊巌寺に挟まれて、何軒かの武家屋敷が並んでいた。そのうちの一つで、片番所付きの七百坪ほどの屋敷だった。五月女（さおとめ）屋敷よりも一回り広かった。

屋敷近くの辻番小屋（つじばんごや）へ行って、番人の老人に尋ねた。

「あのお屋敷は、どなた様のものでしょうか」

「お旗本の、櫛淵左京様のものだ」

「さようで」

驚いた。勘定方にいた善太郎は、櫛淵左京と話をしたことはないが、顔だけは知っていた。今は勘定吟味役をしている者だ。あの頃は、評定所の留役勘定組頭を務めていた。

勘定吟味役は老中に直属し、勘定奉行支配の各役の目付的役割をしていた。重い役目だ。特に善太郎の気持ちに引っかかったのは、その役目の中に貢米の漕運が含まれていることだった。

年貢米の輸送について、監察する役目である。幸神丸の航行についても、詳細を知ることができる立場にあった。

やり手だという噂はあったが、詳しいことは知らない。次に、小僧が見かけた侍が何者か調べたかった。

「すみませんが、お屋敷の方の顔を確かめたく存じます。しばらく中に置いていただけないでしょうか」

善太郎は、辻番小屋の番人に五匁銀一枚を差し出して頼んだ。

「まあ、よかろう」

何をするわけでもない。番人は満足そうな顔で五匁銀を受け取った。

見張りを始めるが、門も潜り戸もぴくりとも動かない。番人に、今日は人の出入りがなかったかと尋ねた。

「そういえば、朝の内に、誰かが出て行ったような」

あいまいな返事だった。今日、目当ての侍が現れなかったら、明日も見張りを続けることになる。

そして一刻（いっとき）半、外出していたらしい侍が帰ってきた。門番所に声をかけて、潜り戸を開けさせた。

「どうだ」

小僧は目を凝らした。歳は三十歳をやや過ぎたあたりだ。鷲鼻（わしばな）で彫りの深い顔。物腰に隙がなかった。なかなかの剣の遣い手だと察せられた。

「あのお侍です」

はっきりとした口ぶりだった。そこで善太郎は番人に尋ねた。

「あのお侍は、どなたで」

「あれは御用人の、織部（おりべ）茂十郎（もじゅうろう）様だ」

善太郎はその面貌（めんぼう）を、脳裏に焼き付けた。

## 七

証言をした小僧には、駄賃を与えて帰らせた。そして善太郎は、浅草瓦町の羽黒屋へ足を向けた。店の出入りをする札旦那の中で、櫛淵左京と用人織部茂十郎についてよく知る者がいないか確かめたいと思ったのである。

善太郎は勘定組頭をほぼ一年前に辞めて、町人となった。櫛淵が勘定吟味役に就いたのは、その後のことだ。主従の人となりを、聞いておきたかった。

蔵前に出る前に、通り道でもあったので大黒屋に立ち寄った。ここまで分かったことを、角次郎に伝えた。そのとき店には、お波津と正吉もいた。

「なるほど、櫛淵左京か」

角次郎も、名だけは知っていたようだ。

「どのような御仁でしょうか」

一口に勘定方とはいっても、評定所と勘定所の留役勘定とは役目が違う。角次郎も、詳しくは分からない様子だった。

「しかし羽黒屋には、勘定吟味役に関わる札旦那はいないぞ」

角次郎が応じた。札旦那とは、代々店にだけ出入りする決まった直参を、札差の側から呼ぶときに使う呼び方だ。

「そうでしたね」

善太郎も分かっていたが、辿れば繫がる者がいるのではないかと期待した。いないならば知り合いの札差を当たらなくてはならないが、手間がかかる。借りも作る。ここで商い帖を拵えていた正吉が、「あの」と声を上げた。やり取りを、聞いていたようだ。

善太郎と角次郎は、顔を向けた。

「井筒屋には、小倉様という札旦那があります。吟味方改役をなさっています」

「まことに」

家禄百五十俵で、勘定吟味役の下役だ。勘定吟味役は六名いるから、櫛淵の直属の部下かどうかは分からないが、詳しい話を聞くことができると思われた。

「はい。悪事に加担をしていれば、正直な話はしないでしょうが、そうでなければある程度は聞けると思います」

「小倉家は、井筒屋から金を借りているのだな」

「はい。私も対談方として、お話をしたことがあります」

金を借りている相手からの問い合わせならば、直参でもむげにはしないと思われた。

「ならば、口利きをしてもらえるか」

「もちろんです」

正吉は、本所南割下水に近い小倉屋敷へ出向いた。腰は軽い。戻って来ると言った。

「明日の昼四つに登城するので、その前ならばかまわないそうです」

「それはありがたい」


翌日の朝、善太郎は正吉に案内されて、小倉屋敷へ出向いた。お稲が用意した、上物の鰹節二本を手土産にしていた。

「初めて、お目にかかります」

かつては組頭だったが、今では町人なので、そのつもりで挨拶をした。吟味方は老中直属なので、下役までは顔も名も知らなかった。長身痩軀で背筋をぴんと伸ばしている。四十歳前後に見えた。

「いやいや、こちらこそよろしく」

こちらの元の身分を正吉は伝えていたので、小倉は横柄な態度は取らなかった。土産の品も、喜んで受け取った。

小倉は櫛淵の直属の下役ではないが、よく知っていると言った。

「櫛淵様には、何かあったのでござろうか」

「大したことでは、ございません。岩鼻陣屋への出入りについて、お口利きを願えるかと考えておりまして。ここで伺ったことは、ここだけの話といたします」

小倉から聞いたこととはしないと伝えたのである。形としては、自分の店のためとした。

「能吏といってよい方でしょうな。ご出世なさるでしょう」

褒めているようだが、奥歯にものが挟まったような言い方だと感じた。

「どのような、ご出世で」

「御勘定奉行か遠国奉行、二の丸留守居役あたりでござろうか」

勘定吟味役から考えられる、最良の役目ばかりだ。叶えば、大きな出世なのは間違いない。

「猟官をなさっておいでで」

単刀直入に聞いた。賄賂を贈るという意味をこめて言ったつもりである。それで怒れば、平謝りで収めるつもりだった。

小倉は、ちらと正吉に目をやってから答えた。

「まあ、そうかもしれませぬなあ」

ため息交じりだった。非難めいた響きを感じた。

正吉は札差の手代として融通をしていて、それは小倉にはありがたいことらしかった。だから正直に答えている。正吉は札差の手代として、使える者らしい。嫌われていたら、無難な返事でお茶を濁すだろう。

「ですが猟官となると、金子(きんす)がかかりましょう」

ここからが、一番聞きたいところだ。

「いかにも」

当然のように頷(うなず)いた。

「勘定吟味役は、勘定に関わる様々な場面でお検(あらた)めをなさいますな」

「さよう。諸国金銀銅山のこと、道中駅伝のことなど様々ある。櫛淵様におかれては、万に一つも間違いはござらぬであろうが」

あえて口にしたのは、そういったところから袖(そで)の下を取っているのではないかと疑っているからに違いなかった。回りくどい言い方は、いざというときに言い逃れをするためだろう。

皮肉な言い方をするのは、小倉自身が櫛淵を嫌っているからかもしれない。

「では年貢米の廻漕（かいそう）についても、詳しくご存じでしょうね」

「それはもちろん。検めるお役目だからな」

善太郎と正吉は、顔を見合わせた。小倉は、こちらが櫛淵の何かの不正を調べているのと察している様子だった。

「岩鼻陣屋の年貢米も」

「もちろんでござる。徴収した直後の頃に、かの地へ出向いていたと存ずるが」

「そうでしたか」

櫛淵は、幸神丸の動きを知っていたと考えてよさそうだった。織部を使って、小此木屋に伝えることができる。

そして善太郎は、もう一つ考えた。

幸神丸を襲った賊には腕利きの侍がいて、警護の侍二人を斬殺していた。その侍が、織部ではないかということだった。

「用人の織部様は、なかなかのお腕前とか」

「いかにも、馬庭念流（まにわねんりゅう）の遣い手だ。用心棒でござるな」

善太郎が織部の姿を見たときの印象は、間違いなくそれだった。

# 八

正吉と共に、善太郎は大黒屋へ戻った。小倉から聞いた詳細を、角次郎に伝えた。店にはお万季やお波津もいた。二人とも、どのような話を聞いてきたか、気になっていた模様だった。

「すると幸神丸襲撃は、櫛淵が岩鼻陣屋で航行の詳細を知り、それを漏らしたというわけだな」

「はい。小此木屋から聞いた佐五兵衛は、織部の助勢を得て行ったものと察せられます。奪った米を換金するのが、小此木屋の役目だったのでございましょう」

「うむ。後は証拠だな」

角次郎は、善太郎の推量を否定しなかった。櫛淵家と小此木屋に行き来があるというだけでは、共謀の証拠にはならない。

次に調べるのはそこだろう。

「それにしても正吉が、小倉様への口利きをしたのは助かった」

「まったく。いきなり訪ねたのでは、ここまで話をしてくれなかったでしょう」

角次郎の言葉に、善太郎が続けた。

「善太郎さんのお役に立てて幸いです」

正吉は頭を下げたが、お波津には目も向けなかった。正吉はお波津がどうこうよりも、大黒屋と羽前屋の役に立てたことに満足している様子だった。

婿候補として大黒屋へ来ているが、お波津が第一という気配ではなかった。同じ候補の蔦次郎の方が、お波津に関心を持っていると感じる。

羽前屋へ帰った善太郎は、お稲と寅之助に、小倉から聞いた話を伝えた。

「だいぶ、分からなかったことが見えてきました」

話を聞き終えたお稲が最初に口にしたのは、これだった。

「となると、幸神丸襲撃のあった九月二十七日の夜から翌日にかけて、織部が江戸にいたかどうかが問題になります」

「それは、明らかにしなくてはなるまい」

寅之助の言葉に善太郎が返した。ただだいぶ日が経ってしまっている。容易(たやす)くは確かめられないかもしれない。

「それについては、それがしが探ります」

「難しいですよ」

「やってみます。正吉なる者の世話になったのは、恐れ入るばかりで」

事件に関しての調べは、己の役目と感じているからか、正吉に張り合う気持ちがあるのかは分からないが、寅之助はそんなことを口にした。婿候補ではないから、正吉に張り合う必要はない。負けず嫌いなのかもしれなかった。


善太郎が羽前屋へ戻った後で、お波津は一人で大黒屋を出た。吹く風が、だいぶ冷たくなってきた。

すっかり赤くなった落ち葉が飛んできて、足元に絡んだ。

大村から依頼された幸神丸襲撃の調べについては、少しずつ全体像が見えてきたが、まだ解決には程遠い。

お波津も、事件解決の役に立ちたかった。公儀の威信はともかく、百姓の日々の尽力の賜物である米を奪ったことと、その犯行の残虐さを許せない気持ちだった。運びきれず、川に落とした米俵も少なからずあったという。それを思うと忍びない。

そこで自分でも何かできないかと考えた。

善太郎は、聞き込んだことや分かったことはすべて角次郎に伝えている。お波津も意見は言わないが、すべて聞いてどこを探れるか考えていた。調べが漏れているところはないか。

　そこで頭に浮かんだのは、小此木屋から仕入れて商い量を増やしていた深川黒江町の舂米屋菅原屋だった。善太郎が小此木屋の顧客三軒を当たった際に、新米が二回に分けて届けられ、後半の分は遅れることを聞いた。これは大事だが、三軒の内菅原屋だけ、それに触れなかった。

「そこが気になる」

　と善太郎は言っていたが、櫛淵の調べに手がかかって、菅原屋の方はそのままになっていた。主人の伝吉が言い忘れた可能性もないではないが、慎重に問いかけをしていた。

「あえて言わなかったと思われる」

　そう告げた善太郎の勘を、お波津は信じることにした。後半の入荷が遅れることに、悪事の企みが潜んでいるかもしれない。盗品の米であることが分かっていて仕入れていたのならば、菅原屋は共犯となる。

　そこから企みが暴かれるのを怖れれば、入荷の時季については触れるのを避けただろう。善太郎はそれを感じるから、気になったのだ。

「無駄足になってもかまわない」

そういう気持ちで、お波津は深川方面へ足を向けた。竪川（たてかわ）に架かる橋を渡ろうとしたところで、向こうから歩いてくる若旦那（わかだんな）ふうが目に入った。向こうは立ち止まって、お波津に笑顔を向けている。

足早に寄ってきた。

「お波津さん、こんにちは」

戸川屋の蔦次郎だった。

「伺おうと思っていたところですよ」

と続けた。

「それならば、引き返しましょうか」

菅原屋の調べは、一刻を争うものではない。

「いえいえ、それほどたいした用ではありません」

先日くれると言っていた端切れを、持って来てくれたのだった。前に会った折に話したことを、覚えていたのである。

気遣いされたのは、嫌ではなかった。

道端によって、手にしていた小さな風呂敷（ふろしき）包みを開いた。

「まあ、きれい」

派手なものから地味なものまで、色鮮やかな品だった。襷にするのでは、もったいないくらいだ。上質な絹地のものも交ざっていた。

「ありがとうございます」

頭を下げて礼を言うと、照れくさそうに笑みを浮かべた。荷になるものではないので、お波津は風呂敷包みを胸に抱いた。

「どちらへ」

「馬場通りまで」

「永代橋を使って戻りますので、ご一緒してもいいですか」

「どうぞ」

笑顔で返した。押しつけがましくない言い方に、お波津は好感を持った。

竪川を渡り、並んで歩いて行く。どうしようかと迷ったが、そこでお波津は幸神丸の一件を話題にした。

「存じていますよ。あれは米商人にとっては、大きな出来事でした。御大身様が、お調べに当たっているとか。その後のことは、存じませんが」

もう読売は出ていないが、さすがに戸川屋では、公儀が調べに当たっていることは知っていた。

「まだ、賊は捕らえられていません」

「そうですか。まあ捕らえられたら、評判になるでしょうが」

「はい。ご公儀だけでなく、お百姓と米商人の敵でもあります」

「まったくです。賊はまた、何かをやらかすのではないでしょうか」

蔦次郎は、早く捕らえられて欲しいと付け足した。本気で腹を立てている。だからお波津は、ここだけの話だとした上で、善太郎が大身旗本の依頼で調べの手伝いをしていることを伝えた。

「さようで」

初めは驚いた顔をしたが、すぐに納得した顔になった。

「角次郎様も善太郎様も、もとはお旗本でございましたね」

「ええ、まあ」

そこで蔦次郎は、改まった表情になって言った。

「私も米商いの一人として、お役に立てることがありましたら立ちたいと思います。何ができるかは、分かりませんが」

どこか戸惑う気配もあったが、それは事の重大さが分かっているからだとお波津は察した。

「正直な人だ」

胸の内で呟いた。そこでお波津は、これまでの調べの大まかな内容と、菅原屋を調べに行こうとしていたことを伝えた。

「ならば、私も参りましょう。すぐにしなくてはならない用事はありません」

「でもそれは」

さすがに甘え過ぎだ。

「いや、お波津さんの役に立てるのも嬉しいです」

いつも善太郎からは、一人で勝手にやって無茶をすると注意をされている。付き合ってもらおうかと考えた。

九

「この店ですか。春米屋では、大店ですね」

お波津と一緒に菅原屋を目にした蔦次郎は、しげしげと店を見てから言った。建物だけでなく、店の中に積まれている俵も確かめてからのことだった。客の出入りが、見ている間にもあった。

「問屋としては、こういう顧客を、多数持ちたいものです」

と付け足した。何事も、自分の商いに繋げて考えるのは、商人として大事なことだと、お波津は角次郎に教えられた。関わりのないような世界の話でも、自分の商いや暮らしに役立たせられることはある。

思いがけない知恵が浮かぶこともあった。目先の商いについて集中して考えることは大事だが、それだけではいけない。

「ともあれ、自身番で評判を聞きましょう」

蔦次郎は、すたすたと自分から歩いた。居合わせた初老の書役に問いかけた。

「菅原屋さんは、この十年ばかりで商いを大きくしたと伺いますが」

満面の笑みを浮かべている。探るというよりも、世間話を仕掛けた雰囲気だった。

「ええ、そうですね」

身なりこそ悪くはないが、書役にしたら初めて見る顔だ。向ける目は、怪訝な表情だった。

「私は米商いの者ですが、あやかりたいと思っています」

本音を話しているように、お波津には聞こえた。そして続けた。

「秘訣は、何でしょうかねえ」

「さあ」

「他の舂米屋と、何が違ったのでしょう」

「…………」

書役は、答えられない。それで自身番から離れた。

足を向けた先は、菅原屋と一軒置いた先にある古着屋だった。店番をしていた若い女房に、蔦次郎は自身番と同じ問いかけをした。

「腰の低い人ですよ。米も、ちゃんと入って来ていたみたいですし」

「仕入れ先がちゃんとしていたんでしょうねえ。そのことについて、何か話していませんでしたか」

「さあ」

おおむね、似たような返事ばかりだった。菅原屋は、どこにでもある舂米屋にしか見えない。

しかし五軒目の菓子舗の隠居が、気になることを口にした。隠居は、菅原屋とは、先代からの付き合いだとか。

「繁盛しているのとかかわりがあるかは分かりませんが、あそこにはよくお侍が出入りしていますね」

「春米屋に、お侍ですか」

かかわりがないように思えた。禄米(ろくまい)を、春米屋で換金する者はいない。ただ自家消費米も売って銭にしようとすれば、話は別だろう。

「精米に来ていると聞きましたが」

「なるほど」

おおむね武家は、精米なぞせず玄米のままで炊いて食べる。白米など贅沢(ぜいたく)だという風潮もある。しかし白米で食べる贅沢な旗本もないとはいえない。となれば、屋敷にある玄米を精米する春米屋と関わりを持ったとしてもおかしくはなかった。

札差では、精米などしない。春米屋は、精米もする小売り屋だ。

「お侍が顔を見せるのは前からですが、この一年ほどは、前にも増して多くなった気がします」

ここで蔦次郎は、お波津に目を向けた。

「引っかかりますね」

隠居と別れてから、蔦次郎は言った。

「何がですか」

怪しい理由は予想できたが、蔦次郎の考えを聞きたかった。そして問いかけた後で、自分は嫌な女だと思った。蔦次郎の器量を、測ろうとしている。

「もし櫛淵家が白米を食べていたら、菅原屋と繋がるのではないでしょうか」

覇気のある口ぶりだった。

櫛淵家と菅原屋が繋がれば、小此木屋とも無縁ではなくなる。菅原屋が櫛淵家と小此木屋を引き合わせ、見返りを得たとも考えられる。

蔦次郎の推察は、お波津が思ったことと同じだった。

「なるほど、言われてみればそうですね」

驚いたふりをした。そういう自分に、ちくりとした痛みがあった。

そして胸の奥に、蔦次郎を好ましく思う気持ちが少しだけ湧いた。

「ただ櫛淵家の主人一家が、白米を食べているかどうか確かめるのは、至難の業です」

「はい、本当に。どうすればいいのでしょう」

これは素直に応じられた。

「そうですね。どうですか、あそこの甘味屋で何か食べながら考えてみませんか」

指さしをした。妙案があるわけではないらしい。だから一緒に考えようと言っている。

お波津は、指差された甘味屋を目にして驚いた。その店は、前に正吉を誘おうとして止めた店だった。

「そうですね」

二人で暖簾(のれん)を潜った。並んで縁台に腰を下ろした。紙に書かれた品書きが、壁に貼ってあった。

蔦次郎は、何が食べたいかを聞いてくれた上で、汁粉を二つ注文した。

汁粉が運ばれてきた。甘い湯気が上がっている。一口食べてから、お波津は問いかけた。

「菅原屋の誰かに聞くしかないのでしょうか」

「そうですね。でもそれをすると、伝吉さんに伝わるかもしれません」

警戒させると告げていた。

「では、櫛淵家に当たる方が確かかもしれませんね」

「それが、できればですが」

お波津の言葉を、大胆だと感じたらしかった。町人が旗本家の暮らしぶりを調べられるとは、考えもしなかったに違いない。

商家に育っただけの者ならば、当たり前だろう。ただお波津は、物心ついたころから旗本五月女家の屋敷へは、我が家のように出入りをしていた。今は亡き祖母の久実には、愛された。

旗本家でも、譜代の家臣は主家を大事にする。それが自分と子孫が生きる、唯一の道だからだ。

「譜代の家臣は、得体の知れない者には主家の暮らしについて、軽はずみに喋ることはありません」

「そうでしょうね」

「ただ渡り者の中間や若党ならば、期限を切られて雇われているだけですから、主家への忠誠の気持ちはありません」

五月女家でも、そうだった。

「渡り者を信じてはいけない」

久実は度々口にしていた。

「なるほど、渡り者に銭でもやって訊けばいいわけですね」

銭を受け取って話をした者は、それを主人に話すことはない。

「やってみましょう」

汁粉の代は、蔦次郎が払った。

二人で高橋の南にある櫛淵屋敷へ行った。屋敷は門扉を閉じていて、たまに枯葉が舞い落ちてくるばかりだった。

裏門へ回った。中間や若党が出てくるならば、こちらからだと考えたからだ。しかし扉は閉じられたままで、開く気配はなかった。

「出てくるまで、待ちましょう」

蔦次郎は、落ち着いた口調で言った。急いてはいない。

道に人通りはない。たまに鳥の鳴き声が聞こえるばかりだった。ここでは、二人はほとんど話をしない。潜り戸に目をやっていた。

お波津には、多少の緊張があった。親族以外の男子とこうして二人だけで過ごすのは、銀次郎とだけだった。銀次郎ではない男子と仕事以外で長く一緒にいるのは初めてだ。

蔦次郎も、同じように緊張をしているのだろうかと考えた。顔を見るだけでは分からない。

半刻ほどして、潜り戸から若党が出てきた。お波津は、渡り者だと見做した。頷いて見せると、蔦次郎は若党に駆け寄った。

小銭を入れたお捻りを握らせて問いかけた。

「こちらのお屋敷には、お長いのでしょうか」

「半年ほどだな」

ぶっきら棒な返答だった。間違いなく渡り者だ。

「ではお尋ねをさせていただきますが、主家は食事の折には玄米を召し上がるのでしょうか。それとも白米でしょうか」

若党は、あっけにとられたような顔をした。

「つまらぬことを訊くな。そのようなこと、知るわけがなかろう」

銭を出して訊くほどのことか、という目だ。それで行ってしまった。受け取ったお包みは、懐へ入れたままだった。

肩を落とす蔦次郎。その背に声はかけられなかった。どこか頼りなく感じた。

「仕方がありませんね。次に出てくる者を待ちましょう」

お波津は独り言のように口にした。

そしてさらに四半刻後、中年の中間が出てきた。蔦次郎はお捻りを握らせた上で、前と同じことを尋ねた。

「おれたちは雑穀交じりの玄米だが、殿さま方は白米をお召し上がりだね」

「分かるのですか」

「そりゃあ分かるさ。おれは台所にも出入りするからな」

これだけ聞ければ充分だった。

「まだ決めつけられませんが、櫛淵家と菅原屋は繋がっているでしょうね」

「はい。ここまで来られたのは、蔦次郎さんのお陰です」

これは世辞ではなかった。心の底から出た言葉だった。

十

善太郎が久之助と新米の卸先について打ち合わせをしていると、お波津が一人で羽前屋へ姿を見せた。しばらくの間、子守りのお咲とお珠をあやしてから、打ち合わせの済んだ善太郎とお稲に向き合った。

「今まで、蔦次郎さんと一緒だったの」

お波津の表情は、満足そうだった。

「ほう」

少しばかり驚いた。いったい何があったのかと、続く話を聞いた。

お波津が話したのは、菅原屋と櫛淵家とのかかわりについて、蔦次郎と聞き込んだことの詳細だった。

「なるほど。それは重大だぞ」

思いがけない成果で、善太郎は声を上げた。お波津の顔が満足そうだった理由は納得いったが、蔦次郎と一緒というところにも、その一端があるのかもしれなかった。

ただそれが、どの程度の大きさなのかは見当もつかない。

「櫛淵家の方々が白米を食べていたとしても、菅原屋に出入りしたのが家中の者であったかどうかは、まだ分かりませんね」

「ええ。それは、兄様が調べてくださいまし」

お稲の言葉に、お波津は続けた。

「もちろんだ」

「櫛淵家の家中の誰かが菅原屋に出入りしていることが明らかになれば、伝吉どのが小此木屋を引き合わせたという考えも成り立ちますね」

お稲の言葉に、お波津が頷いた。商人米扱いの小此木屋が、旗本家と手を組むには仲介役が必要だ。

「それにしても、蔦次郎さんはよく手伝いましたね」

お稲が感心したふうに言った。善太郎と同じことを考えたようだ。

「幸神丸襲撃の、惨さに腹を立てていたようです」

「それで、少し蔦次郎さんを見る目が変わったのね」

わずかにからかうような口ぶりで、お稲は言った。

「ものすごく少しね」

お波津が笑って返した。善太郎には、まんざらではないように見える。

「正吉さんは、どう」

「あの人は、商いだけでつまらない」

「じゃあ、駄目ね」

「ううん、商いは大事。大黒屋の婿さんだもの」

あっさりと言った。

お波津は再びお珠をあやしてから、上機嫌で引き上げて行った。

しばらくして、寅之助が戻って来た。九月二十七日から翌日にかけて、櫛淵家用人の織部茂十郎は江戸にいたのか。それを調べに出ていたが、しょんぼりとした顔だった。

「まず近くの辻番小屋で聞き、それから通っていた馬庭念流の剣術道場へも行きましたが、はっきりはしませんでした」

二十七日の朝には、道場に出て稽古をしていた。次に稽古に出たのは、月末の二十九日だった。稽古に出るのは一日置きで、常とは変わらない。その間何をしていたか分かる門弟はいなかった。

お波津から聞いた話を伝えると、「はあ」とさえない顔で応じた。先を越されたという顔だった。

菅原屋に出入りしていたのは、織部ではないかと善太郎は考えている。それは確かめておきたい。


それから善太郎は、数寄屋橋御門内の南町奉行所へ嶋津惣右介を訪ねた。月番の町奉行所は、人の出入りが多かった。

四半刻ほど待って、町廻りから戻って来たところで会うことができた。善太郎は幸神丸事件のその後の調べについてすべてを伝えた。一報を伝えてきたのは嶋津だったが、調べは小笠原や大村の手に移ったので、町奉行所は関わらなくなっていた。

「そうか、ずいぶんと進んでいるではないか。大村様も、お喜びだろう。おまえも、よくやっている」

話を聞いた嶋津は言った。調べのたいへんさは分かっているからか、ねぎらってもくれた。

「いや、まだまだです。そこで、お願いがあってやって来ました」

大村は本務である御使番(おつかいばん)をした上での加役だから、きわめて多忙だ。そこで嶋津を頼ろうと思ったのだ。

「何だ」

「菅原屋へ出入りした侍は、櫛淵家の織部だと思われますが、確かめることはまだできていません」

そこで侍を目撃した菓子舗の隠居に面通しをさせたいと考えているが、親しいわけではないので難しい。町方の役人でもないので、無理に付き合わせることもできなかった。

屋敷から織部を呼び出すことはできないから、姿を見せるまで長時間付き合わせなくてはならない。しかも菅原屋にも、面通しをしたことを知らせずに進めたかった。

「その隠居に、おれから力を貸すように頼めというのだな」

「はい。できれば内密に。菅原屋を探っていることを、気づかせたくありません」

「分かった。お安い御用だ」

嶋津は善太郎に付き合って、黒江町へ足を向けた。菓子舗へ行く前に、菅原屋の前で立ち止まった。

「それなりに繁盛している店だな。おお、あそこにいる主人ふうが、伝吉だな」

小太りな印象だが、骨格はしっかりしている。下膨れの顔は、浅黒かった。八の字眉(まゆ)で、鼻は低い。

「そうです」

店の中を覗(のぞ)いた嶋津の言葉に、善太郎は頷(うなず)いた。

「大それたことをしそうな者には、見えないがな」

「はい。加担はしていても、どこまで分かっているかは不明です」

菅原屋を通り越し、菓子舗へ行って隠居を呼び出した。

「ちと、付き合ってもらいたい」

嶋津は腰の十手に手を触れさせながら、菅原屋に出入りした侍の顔を検(あらた)めたいと告げた。頼むのではなく、断らせない口ぶりだった。

「お役に立てるならば、何日でも」

隠居はそう答えたが、困惑の気配もあった。

翌早朝、善太郎から命じられた寅之助は、菓子舗の隠居を伴って、櫛淵屋敷へ足を向けた。昨日のうちに屋敷近くの辻番小屋の番人に銭を与え、終日そこから見張りができるように頼んでいた。

「あのお屋敷に、菅原屋さんに出入りをしたお侍がいるのですね」

老人は、落ち着かない様子で言った。

「そうだ」

「いったい、どのような御用なのでございましょうか」

気になるらしかった。どこかそわそわしている。

「言えぬ」

寅之助は、仏頂面で答えた。探られては面倒だ。

「なるほど。大事なことなのでございましょう」

「…………」

「お役に立てるだけで、幸いでございます」

隠居はお喋(しゃべ)りらしかった。

他にも話しかけられたが、寅之助は余計なことは口にしないで門を見張った。半日経っても、織部は姿を見せなかった。若い中間が、一人出入りしただけだ。

昼飯はお稲が用意した握り飯を、寅之助と隠居とで食べた。狭い場所でじっとしているのは窮屈だが、これは仕方がなかった。

何を言ってきても相手にしないので、隠居はもう話しかけてこなくなった。

そして何の動きもないまま、夜になった。その日は、それで引き上げた。

翌日も、寅之助は早朝から、隠居と共に木戸番小屋へ入った。

すると早々に、潜り戸が内側から開かれた。

出てきたのは、織部だった。

「よく見ろ。あの侍だ」

寅之助は声を殺して伝えた。隠居が、目を凝らした。

「あ、あのお侍です。間違いありません」

生唾を呑み込んでから、隠居は言った。

# 十一

善太郎が客と話をしていると、寅之助が店に駆け込んできた。顔を見ただけで、結果が分かった。

客が帰るのを、落ち着かない様子で待っていた。

「菅原屋へ出入りしていたのは、織部でした」

見張っていたときの様子を聞いた。

「あの隠居は、何のためかと知りたがりましたが、話しませんでした」

「それでいい」

これからどうすればいいか、善太郎は帳場に戻って考えた。船頭佐五兵衛と小此木屋、櫛淵が組んだ悪事であることは、もう間違いはない。ただどれも難敵だ。具体的な証拠を得たわけではなかった。

「落としやすいのは、菅原屋ではありませんか」

寅之助の話を聞いていたらしいお稲が言った。

「確かに。だがあの者は、どこまで知っているのだろうか」

小此木屋や櫛淵にしたら、伝吉など小者でしかない。知り合いになる端緒にはなっても、全体を伝えているかどうかは分からなかった。

「遅れて入る品が奪ったものだというところくらいは、分かっているのではないですか」

「それはそうだな」

十年前から、仕入れをしていた。小此木屋にしてみれば、奪った品を売るのだから、口が堅くて言うことを聞く者に売りたいだろう。しかも市価よりも安く売ったかもしれない。

また不作凶作の折にも、入荷があった。何かの折に、不審に思う場面があったとしてもおかしくはなかった。

「でも、幸神丸のことまでは、知らないかもしれませんね」

「しかしな、小此木屋が盗品を扱っていることを知っていて仕入れをしていたならば、そこから崩せるぞ」

ともあれ、大村の指図を受けることにした。善太郎は大村屋敷へ出向いた。

大村はすでに登城していて、善太郎は屋敷にいた中里（なかざと）甚左衛門に、調べた内容を話した。

「なるほど。櫛淵には、もともと不審なところがあったと聞きまする」

猟官のための資金が、豊富にある。

「勘定吟味役という要職に在りながら、その役目を悪事に利用し私腹を肥やそうとしています。そこまで暴きたいところです」

「して菅原屋は、しぶとそうな者でござろうか」

「いえ。どこにでもいそうな、当たり前の商人だと存じます。ただ仕入れ量を増やしたいという欲に駆られて、正当な品でないものを承知で仕入れ続けたのではないでしょうか」

「ならばそこを責めれば、脆いかもしれませぬ」

「いかにも」

幸神丸の一件には繋がらないが、それで小此木屋を捕縛できれば調べは進む。

「では、殿がお帰り次第、仔細をお伝えいたしましょう」

そして暮れ六つの鐘が鳴り終えた頃、甚左衛門が羽前屋を訪ねてきた。話を聞いた大村は、明日にも菅原屋伝吉を屋敷に呼び出すと知らせてきた。問い質しには、善太郎も加わってほしいとの依頼だった。

ぞくりとするくらい冷たい川風が、深川大島河岸の道を吹き抜けた。落ち葉が、提灯に照らされた夜の道を転がって行った。

犬の遠吠えが、闇の奥から聞こえてきた。

手に提灯を持った伝吉は、背中を丸めながら人気のない道を歩いていた。酒を飲んでいたが、酔った気分にはならなかった。

時折体が震えた。けれどもそれは、寒いからだけではない。

「これから、どうなるのか」

怯えがあった。自分のこと、そして店のことを聞き込んでいる者がいるという話は、昨日も一昨日も近所の者から聞いた。

「何かあったのですか」

と案じられた。

「いえ、何も」

これまで、探られるようなことは一度もなかった。しかし探られては困ることがあった。だからびくりとした。

とはいえ、この十年で商いは落ち着き、扱い量が多くなったのは間違いない。抱えていた借金も、返すことができた。

それで菅原屋に関心を持った者が、いたかもしれないとは思う。しかしそういう話をしたのは一人二人ではなかった。

「念がいっている」

と感じるのだ。

そして今日は、暮れ六つ頃になって、懇意にしている菓子舗の隠居が訪ねてきた。

「どうしようかねえ」

と、顔を近づけてきた。

「何ですか、いったい」

喋りたいことがあるが、迷っているという顔だった。

隠居は隠し事ができない質で、あると喋りたくなる。聞いてほしい様子だった。

店を探る者がいるのは分かっていたから、それにまつわるものだと察した。

「教えてくださいよ」

煽てるような口調で言った。

「しかたがない。でも私が話したなんて、言ったらだめですよ」

もったいをつけた。そして周囲に目をやってから、声を落として告げた。

「南町奉行所の定町廻り同心が、私のところへ来ました」

「ええっ」

定町廻り同心というのは、仰天だった。身に覚えがあるからだ。

「菅原屋さんに出入りしているお武家様の顔の、面通しをしたんですよ」

何という屋敷の誰かは教えられなかったが、旗本家の家臣であることは確かだった。

「そ、そうですか」

心の臓が、一気に早鐘を打った。小此木屋から後半に仕入れる米は、盗品だと分かっていたからだ。

十年前、新米の仕入れが終わった頃に、まだ手代だった小此木屋の仙蔵が店にやって来た。前から仕入れ量を増やしてくれと頼んでいたが、急に求めていた二倍を卸すと言ってきた。

条件は、当分の間小此木屋から仕入れたとは言わないというものだった。おかしいとは思ったが、そんな条件はかまわなかった。喜んで仕入れた。そのおかげで、抱えていた借金を返すことができた。

ただ二、三年した頃、小此木屋の仕入れ先が、卸量を増やす前と変わらないことに気がついた。それを仙蔵に言うと、仕入れ量を増やしてくれた。

「やはり悪事が絡んでいたな」

　と確信した。しかしそのときは黙って受け入れた。店の商いを軌道に乗せることが先だった。ただ注意深く商いの様子を窺うようになった。そして初めに仕入れるときと後で仕入れるときでは、商い帖を別にしていると分かった。

「後の分は、どこから仕入れているのですか」

　と仙蔵に問うと、脅すようなふてぶてしい顔になって言った。

「言えないような、仕入れ先ですよ」

　それを聞いて、ぞっとした。そして仙蔵は、また卸量を増やすと言った。それは、仲間に入れということだと受け取った。そしてもしそのことを誰かに漏らしたら、仕入れは一俵もできなくなるのは明らかだった。

　卸量を増やしてもらったお陰で、商いを大きくできた。暮らしも楽になった。伝吉には、女房と十二歳を頭に二人の子どもがいた。

「黙ってさえいれば、今の暮らしを守れる」

　と解釈した。だから精米を頼まれていた櫛淵家も紹介した。

　小此木屋は、徐々に大きくなってきた。そして今年は、いつもとは比べ物にならないくらい卸してくれると言ってきた。

また何かあったな、と考えた。頭に浮かんだのは幸神丸の事件だが、それかどうかは分からない。不審な米の仕入れ先については、一切聞かされていなかった。

「あぶないぞ」

びくびくしていた。

そして今日、菓子舗の隠居から、定町廻り同心からの依頼で織部の面通しをさせられたことを知った。にわかに、怖くなった。

それで仙蔵に事情を伝えた。自分一人で、どうにかできるものではなかった。大島河岸の小料理屋で、仙蔵に状況を伝えた。悪事が明らかになれば、菅原屋も無事では済まないからだ。

「なあに、どれほどのことでもない。伝吉さんは、知らないと言い張ればいい」

話した直後には険しい眼差し（まなざし）になったが、すぐに笑い飛ばした。そうなると、何も言えなかった。

「これでいいのか」

不安を抱えたまま、仙蔵と別れた。

びゅうと、冷たい川風がまた吹き抜けた。そろそろ油堀西横川にぶつかるあたりだった。

相変わらず、人気(ひとけ)はない。伝吉は、足を速めた。

そのときである。背後から走り寄ってくる足音を耳にした。どきりとして振り向いた。

目の前に、黒い人影があった。何の言葉もないままに、肩を摑(つか)まれた。振りほどこうとしたが、外せなかった。

下腹に拳(こぶし)が突き込まれた。それで何が何だか、分からなくなった。

# 第三話　農家の倉庫

## 一

八丁堀の屋敷を出た嶋津は、いつものように南町奉行所へ向かう道を歩いていた。垣根の向こうで、色づいた柿が朝日を浴びている。烏がその実をついばんでいるのに気がついた。子どもの甲高い声も聞こえた。

烏を追い払おうとしている。烏はしぶといが、家の子どもたちが石を投げると、ようやく飛び去っていった。

柿は、江戸の庶民が気軽に味わえる甘い食べ物だ。子どもは、奪われてなるものかと必死だったのかもしれない。

八丁堀の嶋津の屋敷にも、柿の木がある。つい先日まで青かった実が、今はすっかりいい色になった。あと数日したら、収穫できると踏んでいた。

南町奉行所の門を潜った。同心詰め所が、いつもよりも騒がしかった。小者に訊くと、本所深川同心のもとへ土地の岡っ引きの手先が、駆け込んできたところだという。話し声が耳に入ってきた。

「もう息はありません」

「歳は」

「四十歳前後の、中どころの商家の主人といった外見です」

手先は、興奮気味に話をしている。深川大島川で、早朝に水死体が発見されたのだ。杭に引っかかっていたらしい。

「殺されたのか。それとも自分で落ちたのか」

「それが、はっきりしやせん」

一通り話を聞いた深川方の同心と検死の同心が、町奉行所を出て行った。

深川と聞いて、善太郎の調べのことが頭をよぎったが、江戸では日々様々なことが起こっている。酔っぱらいが堀や川に落ちたという話は、珍しくない。関わるつもりはなかった。

始末や探索は、本所深川方に任せる。押しつけられては面倒だ。受け持ちの町廻りに出ると、大島川の件は嶋津の頭から消えた。

半日かけて受け持ちの町廻りを済ませ、町奉行所へ戻った。すると大島川での死体について、同心二人が話をしていた。一人は検死役として大島川まで出向いた者だった。

「刃物は使われていない。大量の水を呑んでいる」

「外傷はないのか」

「下腹と鳩尾を打った形跡があった」

川に落ちたときに、杭か何かにぶつけたか、あるいは殴られた跡かもしれないと検死に行った同心は答えた。

「顔は」

「殴られたような跡はない」

悶着があって、喧嘩になったのではなさそうだ。

「財布は」

「あった。しめて一両くらいはあったぞ」

「物盗りの仕業ではないな」

「喧嘩でもない」

岡っ引きの手先が近所で聞き込みをしたが、周辺で悶着があったと証言する者はいなかった。持ち物を検めたが、身元を知らせる品は何もなかった。亡くなった者が何者かは、分からないままだった。

近所の者に顔を見させたが、見かけない者だと告げられた。

「酔って、足を滑らせたのではないか」

「まあ、そんなところだろう」

本所深川方の同心は目撃者を捜しているが、今のところない。深夜の出来事だ。事故で済みそうな雲行きだった。

「それなりの商家の主人ならば、いずれ店の者が不明を訴えて来るだろう」

同心たちは、困っているわけではなかった。

「主人の体つきはどうか」

「小太りに見えたが、骨格はしっかりした体だった。ありゃあ小僧のときから、重い荷を背負わせられたな」

「米屋か酒屋か」

その言葉を聞いて、嶋津はどきりとした。善太郎の調べのことが再び頭に浮かんだ。

「顔つきはどんなかね」

まさかとは思うが、顔形を聞いた。ここで初めて、話に加わった。

「水を飲んでいますからね、顔は浮腫んでいます。八の字眉で、鼻は低いかと」

「ううむ」

はっきりはしないが、先日顔を見た菅原屋伝吉に似ている気がした。歳はぴったりと重なる。

万に一つ、死人が伝吉ならば事故の可能性は極めて低くなる。

「よし。おれも見に行ってみよう」

面倒くさい気持ちを、確かめたい気持ちが超えた。

死体はすでに、現場に近い中島町の自身番に移されているという。早速、嶋津は出向いた。油堀西横川の東河岸にある町だ。

自身番の前に立つと、線香のにおいがした。死体は奥の小部屋に置かれて、川べりで摘んできたらしい花と線香が上げられている。

詰めている初老の書役が、用意をしたらしかった。

「お役目、恐れ入ります」

書役が頭を下げた。同心や岡っ引きは、周辺の聞き込みに出ていた。

嶋津は枕元に座って、顔にかけられた白布を取り上げた。

「これは」

水を飲んで浮腫んでいるが、間違いなく菅原屋伝吉だった。顔に殴打された痕跡はない。書役に命じて、町の者を深川黒江町まで走らせた。

身につけているものを剝いで、体の打撲の跡も確かめた。下腹と鳩尾に、それらしい跡が窺えた。杭にぶつけたのではなく、拳で突かれたようにも見えた。その他の外傷はなかった。

水を飲んでいるからといって、事故とは限らない。頭を水に押し付ければ、水死の形にはできる。

書役に、発見現場を案内させた。

「こんなふうに横たわっていました」

水面から何本か杭が突き出ている。それに引っかかっていたのだとか。川の流れは、激しくはない。水嵩も、常と同じだとか。

人を乗せた船が行き過ぎた。昼間でも、人通りが多い道ではないと告げられた。両岸の、土手のあたりを丁寧に検めた。人が滑り落ちたとみられる形跡は、どこにもなかった。

遺留品らしきものも見当たらないそうな。

「おのれっ。こちらが調べていることに気づき、先手を打ちやがったな」

嶋津は吐き捨てるように言った。一番落とせそうだった伝吉だが、調べができなくなった。

善太郎のところにも、知らせを走らせた。

そのころ羽前屋(うぜんや)では、寅之助(とらのすけ)が菅原屋へ様子を見に行って、戻ってきたところだった。

「どうも変です。主人の伝吉が昨夜から帰らないようです」

善太郎は報告を受けた。

「帰らないだと」

苦いものが、喉(のど)の奥から込み上げた。大村(おおむら)の配下と共に、これから伝吉を屋敷に連れて行こうとしていた矢先だった。

善太郎は小僧を大村屋敷へ走らせてから、寅之助と共に中島町の自身番へ急いだ。

二

善太郎と寅之助が自身番に着いたときには、伝吉の女房が遺体に縋(すが)って泣いているところだった。話を聞ける状態ではない。

二人はその後ろから、伝吉の顔を検めた。

店には番頭はおらず、二十三歳の手代と小僧がいるだけだった。手代は子飼いではなく、二年前に雇われたのだとか。

嶋津が、その手代に問いかけを始めたところだった。善太郎らも、それに立ち会うことにした。

手代も体を震わせていた。驚きを隠せないといった様子だった。

「昨日はどうも落ち着かない感じで、夕方にお出かけになりました。行き先は、おっしゃいませんでした」

「なぜ落ち着かなかったのか。わけが分かるか」

「さあ」

「商いに関することではないのか」

「そういう出来事は、なかったと思いますが」

手代は首を傾げた。そこで嶋津は、小此木屋(おこのぎや)との商いについて尋ねた。

「うちでは、小此木屋さんからの仕入れがほとんどでした」

「ならばその方も、関わったのだな」

それならば、詳しい話を聞ける。

「いえ、私は売り方を受け持っていました。小此木屋さんからの仕入れは、すべて旦那さんが一人でやっていました。私が関わることはありませんでした」

「不作凶作の折にも、入荷量は減らなかった。そのことについて、尋ねたことはなかったのか」

「私が奉公してからは、作柄が大きく悪くなったことはありませんでした。ただ仕入れについては、お伺いをしても、任せておけとおっしゃるばかりで」

「商い帖は、残っているな」

「はい。いつでも見ることができます」

商いは順調で、借金もなかった。顧客を増やすようにと、尻を叩かれることはあったとか。

「恨みを買うようなことは、なかったか」

「それもないと、思いますが」

「櫛淵家を存じているな」

これについても、訊いておかなくてはならない。

「もう何年も前から、出入りをさせていただいております。もっとも米を仕入れるのではなく、精米をするだけでございました」

「用人の織部なる御仁が出入りしていたと聞くが」

「ええ。お旗本のお屋敷に出入り出来ることは、店の格を上げるということで、織部様には御酒を差し上げることがございました」

精米をどこに頼むかを決めるのは、織部だからだとか。

しばらく遺体に縋って泣いていた女房だったが、ようやく初期の昂ぶりは治まったらしかった。

「無念であろう」

嶋津は、弔う言葉を投げかけてから問いかけを始めた。

「命を奪った者がいるならば、捕らえなくてはなるまい」

そういうと、女房は唇を嚙みしめて頷いた。まず口にしたのは、殺されるほどに恨まれることはないというものだった。

「昨日は、落ち着かない様子だったそうだが」

嶋津が水を向けると、女房は頷いた。

「は、はい。昨日の昼間くらいまでは、いつもと変わりませんでした」

そろそろ小此木屋からの二度目の新米が入荷するので、支度をしなくてはと漏らしていた。

「小此木屋とは、うまくいっていたのだな」

「何かがあったという話は聞きません」

「いつもと違うと感じたのは、いつからだ」

「そうですね、気づいたのは夕刻あたりからでございます」

手代よりも、亭主のことをちゃんと見ていた。

「わけは」

「訊いても、言いませんでした」

「出かけるとき、行き先や相手については、口にしなかったわけだな」

「しませんでした。ただ困ったことがあって、その話をしに行ったんだと思いました」

「では一夜戻らなかったのは、心穏やかではなかったであろう」

嶋津が言うと、女房はまた泣いた。

「困りごとは、小此木屋あたりにあるのではないか」

「そうかもしれません。でも仙蔵（せんぞう）さんはよくしてくれました」

家業が軌道に乗ったのは、小此木屋のお陰だと思っている。仙蔵も、愛想はよかったのかもしれない。女房は、小此木屋を疑っていなかった。

遺体は菅原屋へ運ばれた。嶋津と善太郎、寅之助もついて行った。

店に着くと、女房や奉公人たちは、葬儀の支度を始めた。町の者が、弔問にやって来る。

善太郎がまず初めにしたのは、商い帖の検め(あらため)だった。手代に、この数年の商い帖を持ってこさせた。

調べる大義名分はあるから、小さなことでも見逃さないつもりだった。疑問点があれば、手代に説明をさせた。

「どうだ」

商い帖を繰る善太郎に、嶋津が問いかけてきた。

「小此木屋からの仕入れは相場よりも安値ですが、極端なものではありません」

ここを責めても、「長い付き合いですから」と返されたら、それ以上はどうにもならない。仮に伝吉が、裏の商い帖を持っていたら話は別だ。けれども手代は、そのようなものは帳場にないと言った。

悪事の証(あかし)になるような綴り(つづり)ならば、目につくようなところには置かないだろう。

次に小僧たちにも訊いた。

「昨日、昼過ぎになって店に来た者を挙げてみろ」

　おおむね近所の客だった。ただ客ではない菓子舗の隠居もいたと告げた者がいた。

　善太郎と嶋津、寅之助は顔を見合わせた。

「それだ」

「あの爺さん、黙っていられなかったのだな」

　嶋津に続けて、寅之助が口を開いた。

　伝吉は、調べられていることを知って動揺したのだ。織部と仙蔵を引き合わせたのは伝吉だが、その後二人は、自分を横に置いて急速に近づいた。

　何しろ櫛淵は、勘定吟味役だ。少し調べれば、どのような権限があるかは分かるだろう。幸神丸と繋げて考えたとしてもおかしくない。

　我が身の安全を思えば、仙蔵に問い質したくなるのは当然だ。また問われた仙蔵としては、厄介な話だと受け取ったに違いない。

　確かめるために菓子舗を訪ね、隠居を呼び出した。

「伝吉が亡くなったぞ。あれは殺られたのだ」

「ま、まことですか」

嶋津に言われた隠居は、顔を青ざめさせた。

「喋(しゃべ)ったな」

決めつけるように言われて、白を切ることはできなかった。

「あ、相済みません」

話したことを認めた。体がぶるぶると震えた。とはいえ隠居は、それで罪人になるわけではない。手を下したのは、他の者だ。

「伝吉は、聞いて動揺したことだろう」

隠居はうなだれた。しかし隠居を責めたところで始まらない。

「聞いた伝吉は、主人の庄右衛門(しょうえもん)か仙蔵を訪ねたでしょうね」

寅之助が言った。

「仙蔵は、おろおろする伝吉を見て、まずいと考えたのだろう」

「同心に迫られたら、分かっていることのすべてを漏らしてしまうと見たわけですね」

嶋津の言葉に、善太郎が続けた。

こちらは、有力な証言者を失ったことになる。

その夜菅原屋では、伝吉の通夜を行った。善太郎と嶋津、それに寅之助は、弔問かたがた様子を窺(うかが)った。

庄右衛門は来なかったが、小此木屋から跡取りの庄太郎(しょうたろう)と番頭の仙蔵が姿を見せた。沈痛な面持ちで焼香をした。

「無念なこととなりました」

「驚きました」

女房に、庄太郎と仙蔵が弔辞を述べた。表の通りに出たところで、嶋津が声掛けをした。

「その方ら、昨日の夕刻あたり伝吉と会わなかったか」

「会いました。私と二人で、蛤町(はまぐりちょう)の小料理屋で酒を飲みました」

「いつ頃までか」

「暮れ六つ頃から、半刻(はんとき)くらいの間かと存じますが」

隠すかと思ったが、仙蔵が言った。蛤町は、大島川北河岸の町だ。店を出て、川沿いの道を歩いていて、襲われたと推量できる。

「どのような話をしたのか」

「卸の量を、増やしてほしいと頼まれました」

「それで」

「長いお付き合いですから、お応えしたいのはやまやまです。ただ私どもでも、容易く仕入れる量はふやせません。今年はそれでもこれまでより増やすとお話ししていましたが、それでは満足なさらなかったようで」

仙蔵は、いかにも神妙な話しぶりだ。

「それで」

「納得をしていただきましたが、がっかりした様子でした」

申し訳ないといった顔だ。状況を鑑みれば、酒を飲んで別れた後での、襲撃だと分かるはずだった。

「他に、何か言わなかったか」

「怪しげな者に探られているようで、気味が悪いと話していました」

「その方らに、怪しげな者の見当がつくか」

怪しいのはおまえらだと言いたいところだが、その言葉は呑み込んだ。

「はて、思いもつきませんが」

首を捻ってから答えた。

「だいぶ酔ってはおいででした。まさか川に落ちるなんて、思いもしませんでした。

こんなことになるならば、お店までお送りするべきでした」

後悔をしているもの言いだ。あくまでも、事故とするつもりらしい。

「その方は、別れた後どうしたのか」

「そのまま、店に戻りました」

「間違いありません」

庄太郎が、それを証言した。

「飲んだ店は、何という店か」

「燕屋（つばめや）という店です」

仙蔵と庄太郎を帰らせた後で、燕屋へ足を向けた。大島河岸にある店だ。

「はい。二人でお見えになりました。半刻ばかり、おいでになりました」

二人が店にやって来るのは、初めてではなかった。酒肴（しゅこう）の代を払うのは、いつも仙蔵の方だった。

「どんな様子だったのか」

「そうですね」

店のおかみは首を傾げてから、続けた。

「伝吉さんの方が、しきりに何か訴えている様子でした」

とはいえ、どちらも声を落として話していたので、話の内容は分からない。流れを見れば、仙蔵の言うことに矛盾はなかった。

責め立てても、証拠がない限りは白を切り通すだろう。

「このままでは、してやられたことになるぞ」

苦々しい顔で、嶋津は言った。

三

菅原屋伝吉死亡の報は通夜の翌日善太郎がやって来て、大黒屋へ伝えられた。

幸神丸襲撃の下手人の見当がつき、その手掛かりとなりそうな証人を尋問しようとしたところで、殺害されてしまった。殺した者の予想もつきながら、手を下せないでいる。

状況を聞いたお波津は、苛立ちを感じていた。

「お波津さん」

なすすべもなく店先に立っていると、正吉が声を掛けてきた。屑米の仕入れに出ていて、たった今戻ってきたところだった。

この数日は、屑米の仕入れだけでなく一人で出ることが多くなっていた。声を掛けられたお波津は魂消た。

一つ屋根の下で暮らしていても、話しかけてくることも目を向けてくることもなかった。

この人は自分には関心がない。あるのは大黒屋だけだと、気持ちはいく分蔦次郎に寄っていた。

いきなり何の用かと、向けた目が冷ややかになったのは、自分でも分かった。

「佐五兵衛の十王丸なのですが」

「えっ」

一瞬、何を言っているのかと思った。感情の動きが見えない、仏頂面に見えたからだ。また佐五兵衛や十王丸というのも、正吉の口からすんなり出てくるとは予想もしなかった。幸神丸を襲った張本人と目されている者と船だ。

江戸を離れていて、善太郎の手には負えない。小笠原や大村が追う手筈になっていた。

何を言い出すのかと思いながら、次の言葉を待った。

「今日の昼頃、小名木川河岸に荷を運んで来るそうです」

「まさか」

向こうから姿を現すなど考えもしなかった。ただ五百石積みの十王丸は、利根川や江戸川で荷を積んで航行を続けているはずだった。新たな水上での襲撃があったという話は聞いていない。

「では、大村様や羽前屋にも知らせなくてはなりませんね」

「はい。ただ大村様などのご公儀の方は、動きを摑んでいるかもしれません」

「ならばいいのですが」

「あの方たちも、ぼんやりとはしていないと存じます。行方を探し当てていても、おかしくはありません」

「なるほど」

犯行の確たる証を得なければ、捕らえることはできない。ただ探し出したならばそのままにはせず、つけて動きを探るくらいはするだろうと思った。

「奪った新米の隠し場所へ、立ち寄るかもしれません」

正吉の判断は、間違っていない。

「私たちが十王丸を見つけたからといって、すぐに何かができるわけではありません」

「ですが船の形を目に焼き付けて、佐五兵衛の顔を覚えておくのは無駄ではないはずです」

「そうですね」

「……………」

「それでお波津さんに、声掛けをしました」

「ありがとう」

正吉の気持ちは理解できた。幸神丸事件の解決が、羽前屋ひいては大黒屋の大事だと分かっていて、声をかけてきたのである。

「でもどうして、十王丸が江戸へ入ると分かったの」

これが疑問だった。

「屑米買いなどの折に、小名木川河岸や油堀河岸で、十王丸のことを尋ねました。いつかは来るに違いありませんから」

何軒も聞いて、ついに下り塩問屋の手代が、海辺大工町（うみべだいくまち）の倉庫から今日、荷を運び出すと教えてくれた。

「たいへんでしたね」

目指すことのためには、しぶとい人だと感じた。自分の利にはならないことを、黙ってやっていた。

「行きましょう」

お波津は答えた。角次郎には伝えて、二人で大黒屋を出た。

大川に沿った道を、南に向かう。並んで歩いていても、いつものように正吉は何かを話しかけてくるわけではなかった。

仕方がないので、お波津の方から問いかけた。

「大黒屋には、慣れましたか」

「はい」

「米商いと札差の違いは、どうですか」

「札差は、直参に米を担保に取って金を貸す商いです。現物を扱う問屋とはまるで違います。こちらも面白いです」

目を輝かせた。とはいえ、お波津に笑顔を向けるわけではなかった。前に一緒に、屑米を集めて廻ったときと同じだった。

「実家の丸茂屋さんに、顔を出すことはないの」

「ありません。用などないですから」

関心がないことの返答は、簡単だった。黙っていたら、向こうから話しかけてくることはなかった。

海辺大工町の倉庫前には、すでに五百石積みの船が停まっている。塩の俵が、積み込まれているところだった。

邪魔にならないところまで船首に近づいて、船名を検めた。

「十王丸とあります」

正吉は、満足そうな声を出した。そして船からやや離れたところに立った。

「船頭は、あの男ではないですか」

船端に立つ、四十半ばの赤ら顔の男に顎をしゃくった。ふてぶてしい、一癖も二癖もありそうな者に見えた。

塩問屋の小僧に、船端の男が佐五兵衛だということを確かめた。

「では私は、善太郎さんに知らせてきます」

正吉はそう告げると、船着場から離れた。

荷積みは続くが、船の水主たちは荷運びをしない。船着場へ下りて、荷積みの様子を見ていた。お波津はその一つ一つの顔に目をやった。

だがここで、背後から声をかけられた。

「おめえ、何か探っているな」

三人の破落戸ふうだった。

「別に。荷積みの様子を、見ていただけですよ」

「それにしちゃあ、ご執心だった」

「知りませんよ。そんなこと」

寄せてきた顔を、身を引いてそらした。卑し気な目つきで、息が臭かった。

「何だ、その面は」

不快そうな顔になったのは間違いない。向こうは腹を立てていた。

話して分かる相手ではなさそうなので、その場から離れようとした。しかし腕を摑まれた。払って離そうとするが、どうにもならない。

船着場から、土手へ引き摺られそうになった。足を踏ん張った。

そのときである。商人ふうの男が姿を現した。正吉だと、すぐに分かった。

声をかけることもなく、お波津の腕を摑んでいた男に躍りかかった。殴りつけると、お波津の腕から手が離れた。力強い一撃で、男の顔が歪んでいた。

「このやろ」

他の者がいきり立った。

「逃げろ」

正吉は、お波津の背中を押した。お波津は夢中で走った。争う音が聞こえたが、ともあれ走った。

人のいるところへ行って、助けを求めなくてはならない。だいぶ行ったところで振り返ると、争う男たちの姿はなくなっていた。

正吉はどうなったのか、怖ろしい気持ちになった。相手は三人だ。心の臓が、早鐘を打った。

捨て置けないと戻ろうとしたとき、目の前に男が立った。生真面目な顔をした正吉だった。

「お怪我はありませんでしたか」

「はい」

男には、腕を掴まれただけだった。

「やつらは」

「逃げました」

「お怪我は」

今度はお波津が問いかけた。

「何も」

破落戸三人を相手にした正吉は、喧嘩(けんか)慣れしているのかもしれなかった。

「どうして戻ってきたのですか」

「羽前屋に向かいかけて振り返ったとき、あいつら、お波津さんに目をやって、にやにやしていたんですよ。それで心配になって戻ってきたら、案の定」

おかげで酷(ひど)い目に遭わずに済んだ。

「ありがとう」

「いえ。羽前屋さんには、十王丸について知らせなくてはなりません」

「そうですね」

二人で急いだ。

四

善太郎は店で、商い帖(ちょう)を検めながら算盤(そろばん)を入れていた。そこへお波津と正吉が二人で現れたので仰天した。珍しい組み合わせだ。

しかも二人で、何かをしてきたという印象があった。正吉は婿候補ではあるが、そういう気配を、これまでは見せたことがなかった。

「小名木川の船着場に、十王丸が来ています」

佐五兵衛の顔も確かめられると、お波津は言った。それでさらに魂消た。

「二人で探ったのか」

「いえ。正吉さんが」

お波津は首を振った。ともあれ善太郎は、寅之助を伴って羽前屋を飛び出した。

海辺大工町の船着場に着くと、塩俵を積んだ十王丸が、出航しようとしているところだった。

「あの船尾にいるのが、佐五兵衛です」

一緒に駆けて来た正吉が言った。船はそのまま、小名木川を東へ進んでいった。居合わせた塩問屋の手代に訊くと、船は関宿まで塩俵を運んで行くのだそうな。

ともあれ、短い時間だったが佐五兵衛の顔を見ることができた。

「さすがに悪党面ですね」

寅之助が言った。

十王丸を捜した顚末を正吉から聞いた。知らせに来る前に、破落戸三人に絡まれたところを正吉に助けてもらったことについては、お波津が話した。

「佐五兵衛の顔を見られたのは、上出来だった」

善太郎は、正吉をねぎらった。

羽前屋へ戻った善太郎は、目にしたこと耳にしたことをお稲に伝えた。

「化けの皮を被った悪党は、常は何事もない顔で荷を運んでいるわけですね」

「そういうことだ。じきに剝がしてやるさ」

「正吉さんは、なかなかですね。怪我をすることもなく、三人の破落戸からお波津さんを逃がしたわけですからね」

「日頃口には出さないが、腕っぷしは強いようだ。そういえば札差の対談で、強面の直参に凄まれても、怯まなかった」

「膂力と胆力があるわけですね」

「うむ」

商人として悪くない。

「お波津さんには話しかけもしないし、目も向けないそうですが、どうでもいいのとは違うようですね」

「女子に慣れていないということか」

「そうかもしれません」

蔦次郎よりも影が薄かったが、羽前屋では評価が上がった。お波津がどう思ったかは分からない。

「大村様は、佐五兵衛の動きを探っているはずだが、どうなっているのだろうか」

気になるところだが、まだ知らせはなかった。

そして夕刻になって、善太郎は寅之助と共に麹町の大村屋敷へ呼ばれた。

大村は、奪った米の隠し場所を探していた。善太郎が行くと、大村はその状況について話をした。

「九月二十八日以降に米を置いた倉庫だ。江戸で売るとなれば、そう遠くには置くまいという考えだ」

「さようで。小名木川かせいぜい新川あたりでございましょう」

善太郎は答えた。

「うむ。そこで二つの川で、米を入れた倉庫を探した」

「はあ」

心の臓が高鳴った。わざわざ呼び出されたのである。奪われた米に、近づいた気がした。

「隠されている米は千二百俵ほどと見るが、一か所に納められているか、分けて置かれているかは分からぬ」

「一か所で千二百俵は、目立ちますね」

小売りへ出荷されず、そのままになっていたらなおさらだ。

「確かに。千俵を超える米をまとめて置いている倉庫は探せなかったが、四、五百俵の不審な米を入れた倉庫は複数あった」

「なるほど。奪った米を仕入れた小此木屋は、分散して置けば怪しまれないと踏んでいるかもしれませんね」

「そういうことだ」

そこを一つずつ当たれば、奪われた米に辿り着くと考えているようだった。

「ただ私たちのような米問屋が、江戸からやや離れた場所に米を置くことはままありまする」

はっきりさせておくべきだと思うので、告げた。

「あるだと」

やや不満気な顔になった。

「奪った米ではなく、どこかの問屋が仕入れた米を、値上がりを狙って隠しているかもしれませぬ」

そういう米は、持ち主を隠したり偽名で預けたりすることがある。阿漕な店とされることを避けるためだ。

「となるとそれは、奪った米ではないな」

大村はため息を吐いた。

「はい。小此木屋はそういう米として、小名木川や新川沿いに置いていると存じます」

「なるほど。ならば我らで探した倉庫の中に、あるかもしれぬな」

目を輝かせた。倉庫を探したことが、無駄ではなかったことになる。ただ見分けにくいのは確かだ。

「そこでだ。その倉庫を洗ってほしい」

「ははっ」

そうなると思った。ここまできたら、とことん付き合うつもりだった。

相手に気づかれぬように調べるならば、侍よりも商人の方が適している。調べていることが分かったら、移動させられてしまう虞があった。

大村は、紙片を寄こした。五つの村と置かれている米の量が記されていた。

小名木川　北河岸　平方村五百五十俵と四百俵の二か所
　　　　　　　　　小名木村五百俵
　　　　　南河岸　亀高村五百俵
行徳川　　南河岸　船堀村四百五十俵
中川　　　西河岸　又兵衛新田六百俵

俵数は検めたわけではなく、おおよそのところだと大村は付け足した。どれも川に面した村で、倉庫近くには船着場があるという。目印になるものや、倉庫の持ち主の名も記されていた。

「早速、当たりまする」

善太郎は、受け取った紙片を懐にしまった。それから昼間目にした十王丸について話をした。

「うむ、そのようだな。夜のうちに移していなければよいが」

小名木川や仙台堀などには、家臣を置いて見張らせているとか。それで十王丸の動きは、ある程度摑んでいる模様だった。船での追跡もする。

ただ夜になると、利根川や江戸川などの大河では、闇に紛れて姿を消してしまう。

「あやつらの航行術は、なかなかのものだぞ」

大村はそんなことを口にした。

五

翌朝、善太郎は寅之助を伴って、羽前屋を出た。お稲が拵えた握り飯を腰に小舟を用意して乗り込んだ。

寅之助が艪を握り、小名木川を東に向かう。先を行く大小の船があり、すれ違う様々な船があった。

初めの内は、河岸道に建物が続く。しかし大横川を過ぎると、両岸は一気に鄙びた印象になった。

「この辺りは、葛飾郡ですね」

珍しそうに周囲に目をやる寅之助。まず北河岸の平方村で、善太郎と寅之助は船から降りた。

目印は古い六地蔵で、すぐに見つかった。干からびた芋が供えてあった。

その後ろに五、六百俵ほどが入る倉庫があって、その先は小前とおぼしい百姓の家があった。倉庫の戸は閉じられていて、錠前がかけられている。

　大村から預かった紙片に記された一軒だ。

　善太郎は、戸口の傍に寄って、においをかいだ。

「確かに、米糠のにおいがするぞ」

「では、米俵があるのは、間違いありませんね」

「ただ見なければ、量は分からない」

「あの百姓の米でしょうか」

　寅之助が言った。倉庫は隣接して建てられているから、そこの百姓家のものなのははっきりしていた。

　問題は、中身の米だ。農家の米ならば、当て外れとなる。

「ともあれ、訊いてみよう」

　百姓家へ行って声をかけた。どこかから、鶏の鳴き声が聞こえてくる。

　出てきたのは、六十過ぎとおぼしい婆さんだった。顔は皺だらけで、腰が曲がっている。

「あの倉庫には、ずいぶんと米が入っているようですね」

　頭を下げ、下手に出た言い方をした。大村から依頼を受けた調べだという言い方はしない。

「それがどうしたというんだい」

怪訝な目を向けた。

「どれほどあるのでしょうか。こちらの米でしょうか」

かまわず訊いた。

「初めて会う人に、教えるいわれはないよ」

仏頂面だった。

「これは、ご無礼をいたしました」

善太郎はもう一度頭を下げ、笑顔を作って小銭を入れたお包みを渡してから言葉を続けた。

「私は深川で米商いをする者でございます。余分な新米がおありならば、分けていただきたいと存じまして」

新米の仕入れ量が少なかったと、ため息をついて見せた。それで婆さんは、気持ちを許したらしかった。

「五百俵ほどだけど、あれはうちのじゃないよ。置かせているだけだよ」

「ではどちらの米でしょうか」

「それは、言えないよ」

「いや、こちら様で聞いたとは申しません。ただ品を卸していただけるように、お願いに上がるだけです」

用意していたお包みを、もう一つ与えた。

しぶしぶという顔で答えた。

「本所相生町の半田屋さんですよ」

善太郎は、その店を知っていた。やり手の主人だ。ときには阿漕な真似もしたが、これまでは手が後ろへ回るようなことはしなかった。

値上がりを待った隠し米で、値上がりしないと踏んだら手放すのではないかと考えた。

「しっかり稼いでいるではないか」

呟きになった。これまでの調べでは、名が挙がったことはなかった。一応、記憶には留めておく。

二軒目も同じ平方村で、近くの畑で牛蒡を掘っていた中年の百姓に声をかけた。

「あれはうちの小屋だが、人に貸している。四百五十俵だ」

ここでは初めから銭を与え、ここだけの話として問いかけていた。深川熊井町の藤井屋だといった。この店は、初めて耳にする店だった。

　三軒目の小名木村では、銭も受け取らず、言うこともできないと突っぱねられた。七助という小前の百姓だ。

「何でいちいち、そんなことを教えなくちゃならねえんだ」

　初めから不機嫌だった。

　四軒目は亀高村で、鶏に餌をやっていた女房に訊いた。五百俵で、鉄砲洲本湊町の佐倉屋の五百俵だと教えられた。

　五軒目は船堀村の篠吉という小前で、四百五十俵は自分の米だと告げた。小銭は受け取らなかった。

　そして六軒目は、中川の又兵衛新田にある倉庫だった。

「おかしいな」

　近くまで寄って、善太郎は首を傾げた。米糠のにおいが薄かった。近くにいた若い女房に訊く。

「一昨日に、運び出しましたよ」

　と返された。運んでいった船は、五百石船ではなかった。三艘の船だったとか。

「どちらの米でしたか」

「京橋三十間堀町の問屋長田屋さんの米ですよ」

米を置いたのは、数日のこととなる。

「小此木屋はありませんでしたね」

船着場へ戻ったところで、寅之助が言った。ため息交じりの声だ。

「怪しまれると察して、あえて他の船を使ったかもしれません」

「そうですね。大村様の手の者が調べたわけで、それに気づいて移したとも考えられます。ただ私としては、どこの米か話さなかった小名木村の七助が一番怪しい気がします」

「自分のだと言った、船堀村の篠吉も怪しいですよ」

「そうでしょうか。どこよりも確かなのでは」

善太郎の言葉に、寅之助が返した。得心がいかない様子だ。

「篠吉は己の土地を持つ小前ですが、年貢を納めた後に自家米を除いてそれだけの米を残すというのはおかしい」

「暮らしが立たなくなりますね」

「はい。四百五十俵も蓄えられるほど、大きな百姓ではありません」

「なるほど」

感心した眼差し（まなざし）を善太郎に向けた。

「ならばまず、その二軒から洗わなくては」

寅之助は意気込んだ。

「それもそうですが、名の挙がった商家が実在するかどうか、確かめなくてはなりません」

「仮にあっても、思いついて口にしただけかもしれませんね」

「小此木屋が米を入れるにあたって、初めから嘘の名を言ったとも考えられます」

「ううむ。面倒ですね」

寅之助は今度は唇を嚙（か）んだ。

大村は、小名木川と新川に近い村の倉庫を、配下を使って念入りに調べさせた。

その上で出てきた米である。

すべて空振りだとは感じない。

寅之助は、まずは船堀村の篠吉を探ると言った。善太郎は小名木川を西へ行く船に乗せてもらって、大黒屋へ行った。

角次郎に、大村からの依頼と、ここまでの聞き込みの結果について話した。

「相生町の半田屋は、米を隠していたとしても、それは自前のものではないか。あの主人は、阿漕ではあっても、無法なことはしない気がするぞ」

角次郎の言葉で、とりあえずそこは除くことにした。

となると、調べるのは五軒だ。

「私も、確かめに参ります」

話を聞いていたらしい正吉が、申し出てきた。藤井屋と佐倉屋を当たらせることとにした。

六

お波津は、善太郎らのやり取りを聞いていた。そこで京橋三十間堀町の長田屋を調べてみると伝えた。一昨日に、すべて運び出したところが気になる。

関東米穀三組問屋（かんとうべいこくみくみどいや）の仲間ではない。

「藩米を扱う問屋ではないか」

角次郎も、屋号を耳にしたことがあるだけだと言った。

「危ないことをするなよ」

と善太郎に言われた。

「店の様子を探るだけですよ」

倉庫から移した米が盗まれたものでなければ、どうしようとかまわない。探るべきことは、米の入手先を明らかにすることだけだ。疑わしい残り五軒が、四軒になることに意味がある。

他の調べをする正吉は、すでに店を出ていた。一緒に当たろうとは思わなかった。正吉には危ういところを助けてもらったし、気配りも感じた。絡んできた破落戸たちに迷わず立ち向かった姿は、心強かった。佐五兵衛の顔を見ることもできた。

けれどもそれは、羽前屋や大黒屋への力添えの一つでしかないように感じてしまうのだ。正吉がお波津自身への興味を示さないからだろうか。

蔦次郎のように口上手ではないが、こうと決めたことを真摯にやって行く。大黒屋の婿として、不向きだとは思わなかった。もし角次郎に命じられたら、祝言を挙げてもいい。しかし自分から申し出ることはないだろう。

お波津は一人で京橋三十間堀町へ出向いた。長田屋は堀に面した間口六間の店舗で、界隈でも老舗といっていい米問屋だった。店の前の船着場では、小僧たちによる配送用の荷運びが行われていた。

出入り口の脇には、御用達を受けている大名家の名を記した木札がかけられていた。その一枚一枚に目を向けた。上総や下総、常陸の小大名の名が読めた。見た様子では、七、八千俵の商い高かと推量した。

「邪魔だ。どけ」

怒声が飛んできた。酒樽を積んだ荷車が、行き過ぎた。人や荷車の行き来が多い。

船着場での用を済ませた手代に、お波津は近づいた。

「あの」

と声をかけた。

「何でしょう」

お波津の身なりは悪くないので、手代は丁寧な対応をした。

「こちらでは、中川河岸の又兵衛新田に倉庫を借りているでしょうか」

単刀直入に問いかけてみた。すると驚き、そして「何だ」という顔になった。明らかに、虚を衝かれたといった反応だった。

「知りませんよ。まだ荷の出し入れがありますからね、店の前にいると怪我をしますよ」

ぞんざいな物言いになって、店の中に入ってしまった。さらに問いかけるなどできなかった。これでは話にならない。

ただ何かある、という手応えはあった。

だからなおさら聞き込みをしたいところだが、どこに当たればいいか迷った。自身番や近所の者に訊いたところで、埒があかないだろう。

どうしたものかと考えたとき、蔦次郎の顔が頭に浮かんだ。戸川屋は、同じ京橋界隈にあった。

「何か知っているかもしれない」

訪ねてみることにした。蔦次郎と会うことにときめきはなかったが、嫌なわけでも面倒なわけでもなかった。

戸川屋の前へ行くと、店先で蔦次郎が小僧に何か指図をしていた。

「ああ、お波津さん」

目が合うと、笑顔で近寄ってきた。店に入るように勧められたが、調べごとがあって三十間堀まで来たと伝えた。

「お役に立てることならば、立たせていただきますよ」

蔦次郎は、察しがいい。道の端へ寄って、ここ最近の幸神丸に関する概要を伝えた上で、長田屋について聞き込みをするつもりだったことを話した。

「お波津さんは、何事にも力が入りますね」

正吉とは違って、お波津の気持ちを慮る言い方をした。

「倉庫にあった米が、幸神丸の米であったかどうか、確かめたいのです」

「手代の反応は、何かありますね」

そのことも、伝えていた。おかしいとはいえ、商人米を扱う戸川屋は、長田屋とは親しいわけではなかった。

「思い当たるところを、一緒に歩いてみましょう」

蔦次郎は言った。

「いや、それでは」

申し訳ないと遠慮をしたが、蔦次郎は店の中に声をかけると、そのまま歩き始めた。まず行ったのは、三十間堀河岸の並びにある油屋だった。

「ちょっと、待っていてください」

そこの若旦那を呼び出した。親しいらしい。お波津はやや離れたところで、話が済むのを待った。

長話はしない。すぐに別れた。

「長田屋が使っている船問屋が分かりました」

八丁堀に店があるとか。そのまま八丁堀河岸へ行って、番頭に問いかけた。

「うちでは、中川河岸の又兵衛新田から荷を運んだことはありません」

綴りを確かめもせず、きっぱりとした口ぶりだった。

「他所の船を頼んだか、誰かが長田屋の名を使ったことになりますね」

蔦次郎は言った。そこで次は、長田屋の前に行った。

「女のお波津さんが、小僧に訊いてみてはどうでしょう。二、三枚の小銭を与えて」

「小僧が、知っているでしょうか」

知らないと考えたから、初めに手代に問いかけたのだった。

「荷運びをやらされていれば、覚えていると思いますよ。手代は口止めされていても、小僧はかえって何も言われていないかもしれません。話を大きくしないために。ともあれ、訊いてみましょう」

ということで、荷車を引いて配達から帰ってきた小僧に、お波津は声をかけた。

「運びましたよ、中川の村から。あれは一昨日ですね」

期日がぴったり重なった。

「どこから仕入れた米ですか」

「さあ。いつも仕入れているところからだと思いますが」

荷を運んだのは、霊岸島にあるご府内だけに荷を運ぶ船問屋の船だった。小僧は小此木屋も櫛淵という旗本も知らなかった。隠している気配はなかった。小僧はそこで解放した。

「ちと、乱暴な手を使いましょうか」

蔦次郎は、店の中にいた手代に手招きをして、通りに呼び出した。先ほどお波津の問いかけにぞんざいな対応をした者だった。

お波津は、やり取りをする背後に回った。

「長田屋さんでは、小名木川沿いの倉庫に、六百俵ほどの米を隠していたと聞きましたが、まことですか」

蔦次郎は神妙な面持ちで、声を落として訊いた。

「まさか。そのような」

手代は顔を強張(こわば)らせていた。

「一昨日、霊岸島の船問屋の船で運び出したというじゃあないですか」

「いや」

「奪われた米だという話も耳にしましたよ」

手代の言葉は聞き流し、畳みかけるように言った。

「世間に広まったら、面倒ですよねえ」

とさらに続けた。これは脅しだ。お波津は驚いた。蔦次郎は、ただの善人ではない。いっぱしの商人だ。

「あなたは、戸川屋さんの若旦那では」

手代は、蔦次郎を知っていた。

「そうですよ。品薄になったところで米が出てきて儲けを独り占めされるのは、面白くないですからねえ。そうなるならば、こちらも考えなくてはなりません」

「…………」

「でもねえ、商いは相見互いでね。こっそり知らせてくれるならば、そちらの商いの邪魔をするつもりはありませんよ。ここだけの話とします」

「はあ」

疑う目を向けた。

「戸川屋を、信じられませんか」

逃げようとするが、腕を摑んで離さない。それで手代は、腹を決めたらしかった。

「値上がりするのを、少しの間待つだけです」

一昨日荷を移したのは、新米を入れていた自前の倉庫が空になったので入れたということだった。倉庫代の節約だ。

聞いていて、ない話ではないとお波津は感じた。

「ここでのやり取りは、なかったことにしましょう」

蔦次郎は、手代の腕から手を離した。手代はすぐに店の中へ駆け込んだ。

「値上がり目当ての隠し米ですね」

お波津が言うと、蔦次郎は頷いた。

今年は作柄こそ悪くなかったが、飛蝗や収穫間際の野分と災害が続いた。例年よりも品薄になっているのは確かだった。

小此木屋には繋がらないが、怪しい者を一つ減らすことができた。

事件の調べで、正吉も蔦次郎も、外見とは異なる姿を目の当たりにした。人には、いろいろな面が隠れている。すぐには理解できない。銀次郎もそうだったと思い返した。

七

大黒屋を出た正吉は、大川河口にある深川熊井町へ行った。土手に立つと、広い江戸の海が見渡せる。

表通りの道を歩いていると、すぐに藤井屋の看板が目についた。間口四間半の店だ。隣の荒物屋の番頭に訊くと、中川上流の村々から仕入れる商人米を扱う店だと分かった。

利根川や江戸川の村から仕入れる大黒屋や羽前屋とは、接点がなかった。角次郎も、屋号と主人の名を知っている程度だった。

まずは道で水を撒いていた小僧に、銭を与えて問いかけた。

「へえ。いつもではありませんが、小名木川沿いに倉庫を借りることはあります」

「時季としては、常の新米よりは遅い時季だな」

小此木屋の米かもしれないので、そういう問いかけ方にした。

「そうです。番頭さんが、各村で売り残した米を集めてきます」

だとすると、小此木屋の米ではない。

「それを店の者は、皆知っているのかい」

「もちろんです。お客さんも分かっていて、仕入れ損なったり仕入れを増やしたりしたい方がお見えになります」

多少割高にするが、そうやって商い高を増やしてきたらしかった。

「では、集められない年もあるな」

「今年はだいぶ集まったようですが、去年はほとんどなくて、倉庫は借りませんでした」

「そうか」

盗米は毎年あった。小此木屋も櫛淵も、十王丸も知らないと答えた。念のため手代にも聞いたが、同じ返答だった。

正吉は、永代橋を西へ渡って鉄砲洲本湊町へ行った。表通りを歩いたが、米問屋は見当たらなかった。裏通りの舂米屋もない。

通りかかった豆腐売りの親仁に問いかけた。

「佐倉屋ですか。そういう屋号の店は、米問屋に限らずこの界隈にはありませんよ」

と返された。

「そうですか」

多少声が上ずったのが分かった。いきなり釣り竿の浮きが、ぴくりと動いた感触だった。

念のため、隣接する南八丁堀五丁目と船松町へも行ってみた。船松町に、小間物屋で佐倉屋があった。一応、店番をしていた爺さんに問いかけた。

「うちが米を仕入れて、どうするんですか」

善太郎と別れ、船堀村に残った寅之助は、倉庫の米は自分のものだと告げた篠吉の家からやや離れた百姓家へ行った。一面が刈り取られた田圃（たんぼ）で、どこか寒々しく感じられた。

庭で洗濯物を取り込んでいる女房に、銭を与えて問いかけた。

「篠吉の倉庫には、米が詰まっているそうだな」

「そうなんですよ。いつの間にか詰まっていてね」

「いつの間にかとは」

おかしな言い方だ。

「気がついたら、入っていたってことですよ」

先月の末日かその前の日、朝方篠吉は、商家の番頭ふうと話をしていた。そのとき、倉庫の中がちらと見えた。

「確かめたわけじゃないけど。この辺りじゃあ、村でまとめて米問屋へ卸すんだけど、それが済んだ後だった」

「空になっているはずなのに詰め込まれていて、魂消（たまげ）たわけだな」

「そうです」

「どういう謂（いわ）れの米か」

「篠吉さんは、何も言わないんです。おそらくどこかから預かって置いているんだと思うんですけど」

たぶん過分な預かり料を得ているのだろうと、女房はやっかむような口調で付け足した。空いた倉庫に俵を置かせるだけで銭になるならば、自分も稼ぎたいといったところらしかった。

「そういえば、気がついたら米俵は倉庫に入っていたと申したな」

寅之助は、その言い方も気になっていた。

「ええ。だってあの倉庫がいっぱいになるとしたら、四、五百俵はありますよ」

「いかにもそうだろう」

その見当はつく。その数字は、大村がよこした紙片にも記されていた。

「それだけの量の米俵を運び入れていたら、目立ちますよ」

「なるほど。運ぶ場を、見なかったのだな」

「村の者は、誰も」

何人で運ぶかにもよるが、早くても半刻（はんとき）やそこらはかかるだろう。

「すると、夜の間に運んできたわけか」

「そうなりますね。まあ、どっかから運んできて、着いたのが夜だったのかもしれませんが」

「その日にちを、正しく思い出せるか」

きわめて大事なことだから、声がかすれた。銭を、もう数枚はずんだ。

「ええと、あれは」

女房は首を捻（ひね）った。家に入って、婆さんを連れてきた。

「先月の末日じゃなかったかね」

「いや、その前の日のような」

二人であれこれ言い合ってから、篠吉が商家の番頭ふうと話していたのは、九月二十八日の朝だと答えた。

「話をしていた番頭ふうの顔は分かるか」

「かなり間がありましたからねえ。横顔だったし、はっきりとは」

これは仕方がなかった。

「その話は、村の他の者も知っているか」

「隣のおかみさんには、話しましたよ」

親しくしている百姓の女房だ。すぐに、そちらへも行った。

「あの日は、二十八日です。親類の者が、訪ねて来た日なので間違いありません」

闇の中、幸神丸が火の玉になった。その夜が明けた朝のことだ。隣家の女房も番頭ふうの姿を目にしていたが、顔は見ていなかった。

## 八

「そうですか。船堀村篠吉の小屋にある米は、十王丸が運び入れた米に違いありませんね」

善太郎は、羽前屋で寅之助の報告を聞いた。

このとき店には、正吉とお波津も姿を見せていた。二人は一緒に来たのではなかった。それぞれ聞き込みをして、善太郎に伝えるために羽前屋へやって来た。ここで顔を合わせたのである。

「篠吉と話をしていた番頭ふうは、仙蔵です。きっと」

「荷を下ろした佐五兵衛は、何食わぬ顔で繰綿を運んだわけですね」

正吉とお波津が続けた。

「亀高村の佐倉屋の米とされる俵と合わせると、千俵近くなりそうだな」

善太郎は、改めて自分に言い聞かせるように口に出した。そして鉄砲洲の本湊町に佐倉屋がないことや三十間堀町の長田屋の件などについて、寅之助に伝えた。

「では、大村様にお伝えをしなくてはなりませんね」

「それはそうだが、これからが難題だぞ」

お稲の言葉に、善太郎が返した。

一同が、顔を向けた。次の言葉を待っている。

「公儀にとっては、米を奪い返すことが第一ではない」

「ああ。米を奪った者と、手引きをした者、承知で米を買い取った者を捕らえることですね」

すぐにお波津が気づいた。

「千俵などご公儀にとってはさほど痛手ではなくて、何よりもまずやつらを捕らえることが大事なわけですね」

「そうだ。威信や威光を守ることだ」

お稲の言葉を、善太郎が受けた。そして続けた。

「ただ奪った者たちは、千数百俵は何としてでも欲しいだろう。こちらの動きを察したら、それなりの動きをするはずだ」

「小此木屋と佐五兵衛は、いつでも何らかの手立てで、繋ぎを取れるようにしているのでしょうね」

「それはもちろんだろう」

「悪党三人が顔を揃えたところで、捕らえられないものでしょうか」

悔し気に、お波津は言った。


その日のうちに、善太郎は寅之助を伴って大村屋敷へ行った。調べた詳細を伝えたのである。

「いかにも。米俵を守ろうとするやつらの動きを先回りして、首謀者を捕らえねばならぬ」

当然大村は、そこにこだわった。現実の米は、奪い返せるならば取り返すという程度。

ここで善太郎は、考えて来たことを口にした。

「小名木川と新川の河岸にある倉庫検めを、ご老中の命ですると決めていただきます」

「ほう」

何を言い出すのかという顔になった。

「小笠原様と大村様には、本気でやっていただきます」

「それで亀高村や船堀村に当たるわけか」

関心を持った口ぶりではなかった。

「深川側から当たっていただきますので、いずれそうなります」

百俵以上の米は、すべて当たる。持ち主だけでなく、仕入れ先も告げさせる。預かっているものならば、預けた者が誰かを明らかにさせる。

「それを五日後に始めるとしていただきます。しかも開始までは極秘ということにして」

「するとどうなる」

「ただ櫛淵様にだけは、それとなくお話しいただきます」

「なるほど、知ったあやつらは、動くであろうな」

「小名木川を大川の河口から始めれば、亀高村へは二日ほどの手間がかかりましょう」

善太郎は頷いた。

「五日後に始めるとなると、亀高村に着くのは合わせて七日後となるぞ」

「小此木屋が佐五兵衛に伝える手間を含みます。十王丸が関宿以遠にいた場合には、いくら居場所が分かっていても手間がかかりましょう」

「移送には、十王丸を使うという判断だな」

「はい。他の船を使えば怪しまれます。またそこから、秘事が漏れるのを嫌がるでしょう」

「そこを見張っていて捕らえるのだな」

大村の表情が変わっていた。進めようという気持ちになっているのが分かった。

「ははっ。その折には、手勢をお貸しいただきます」

「もちろんだ。しかし佐五兵衛の他に、小此木屋庄右衛門や櫛淵左京は、顔を見せるであろうか」

「二人は、顔を出さなくてもかまいません。ただ幸神丸の米ならば、用人織部茂十郎と番頭仙蔵は船に乗ってくるでしょう」

「それらを捕らえて、責めるわけだな」

「織部や仙蔵だけでできる悪事ではございません」

「それで行こう」

大村は頷いた。小笠原にも知らせると言った。

翌日夜、大村から倉庫検めの件について小笠原の賛同を得られたことと、櫛淵に伝えられたことを善太郎は知らされた。

「昼夜を分かたず、見張りをしよう」

その翌日から、小名木川河岸の亀高村と新川河岸の船堀村のそれぞれの倉庫を見張れる百姓の小屋を借りて、見張りを始めた。

小名木川は亀高村からすぐのところで、中川とぶつかる。中川を越えると新川となり、しばらく船堀村が続く。二つの倉庫は、中川を挟んで遠い場所ではないが、どちらからも見ることはできなかった。

亀高村に正吉と寅之助、大村の配下が詰める。船堀村には、小笠原家の配下が置かれた。善太郎は、欠かせない商いを除いて、亀高村へ入った。昼夜分かたず、交代で見張る。

「十王丸がどこにいるかによるが、今夜現れてもおかしくはないぞ」

善太郎が言うと、正吉と寅之助は眦（まなじり）を決して見張りに当たった。しかし初日はもちろん、二日目三日目も、十王丸は現れなかった。多くの船が小名木川を行き過ぎるが、船着場に停まる荷船はなかった。

四日目もない。初めは落ち着いていたが、正吉や寅之助、そして大村の配下の者たちもじりじりしてきた。

「まさかやつらは、千数百俵を諦めるわけではないでしょうね」

寅之助は、せっかちらしかった。

「それはないでしょう。お旗本はもちろん、米商人も千俵の尊さは身に染みて分かっています」

「なるほど、そうかもしれぬ」

大村家であっても、知行地から徴収する年貢米は大事にしているだろう。正吉の言葉に寅之助は頷いた。

「しかし、毎日変わらぬ景色を見ているわけだからな。じれるぞ」

「それはそうです。辛抱でございますな」

見張りを始めてから、一つ屋根の下で過ごし、食事は百姓の女房が拵えた同じものを食べている。武家と町人だが歳はほぼ同じだから、いろいろと話をするのかもしれない。不仲な気配はなかった。

寅之助が寝ているとき、正吉が善太郎に言った。

「中里様は、商いのことをいろいろと尋ねてきます。百文買いに、屑米を交ぜる話をしていました」

　それは大黒屋だけでなく、羽前屋でもやっていた。寅之助はその売買の様子を、見ていたものと思われる。

「私は問屋がすることではないと思っていましたが、中里様は、町の者の米に対する気持ちが分かるとおっしゃいました。お波津さんと、同じ考えです」

　お波津に言われて考えるようになり、そこへ寅之助からも言われた。

「そうかもしれないという気持ちに、なってきたわけだな」

「はあ」

　正吉は、お波津のことなど心にないようにも見受けられたが、そうでもないのかもしれなかった。札差はものを売る商いではない。一方お波津は、米屋の娘として育ってきた。そういう中で身に付いたことを口にしたのに違いなかった。正吉は米屋と札差の違いを、膚(はだ)で感じ始めて来たのではないかと善太郎は感じた。寅之助の言葉も、胸に響いたのだろう。

「中里様は、商いにも関心があるようです」

「そうらしいな」

　大村からも聞いていた。

「羽前屋さんへ、奉公をしたいようなことを話しておいででした」

「そうか」

「冗談めかした言い方でしたが、商いの様子を目にして気持ちが引かれたのかもしれません」

寅之助の帖付け(ちょうづ)は丁寧だった。算盤(そろばん)の腕も確かで、店に置くことに不満はない。ただどこまで本気かは分からなかった。

九

五日目は、昼過ぎから雨になった。風もあって、冷える一日となった。善太郎は止みそうにない空を見上げてから、亀高村へ向かうために蓑笠(みのかさ)をつけ長脇差(ながわきざし)を腰に差し込んだ。

商いについてはどうしても善太郎でなくてはならないところだけ関わって、後は久之助(きゅうのすけ)や茂助(もすけ)に任せた。天気が悪くなると、客の出入りは少なくなる。

雨が吹き付けてくるので、店の戸の一部を閉めた。そこへお波津が、蔦次郎を伴って姿を見せた。

「どうしたのか」

蔦次郎も蓑笠を付け、腰には長脇差があった。

「私も、見張りの仲間に加えてくださいませ」

緊張の面持ちで言った。目には強い光があった。

幸神丸に関する探索には力を貸していた蔦次郎だが、お波津から今の状況を聞いたらしかった。

「ありがたいが、場合によっては命を懸けることになりますよ」

戸川屋は、公儀の威光にも大村にも無縁だ。あえていうならば、大黒屋との間に婿話があるだけだ。

そのために危険な目に遭わせるのは、本意ではなかった。

「私もそう話したんだけど」

お波津は止めるように話したが、聞かなかったらしい。

「幸神丸の一件は、私たち米商人に挑んできた戦いです。これを許したら、また輸送の米が襲われます」

「それはそうだ。公儀の米かどうかは、問題ではない」

「船にあった二千俵の米は、百姓たちの汗と辛抱によってできたものです。残虐なやり方も許せません」

「親御は」

「母は、行くなと言いました」

「それを、振りきって来たわけですか」

「父は、行きたければ行けと」

初めはどこか線の細い二枚目の若旦那という印象だったが、性根を見せられた気がした。なかなかにしぶとい。大黒屋や羽前屋のためだけに言っているのではないと受け取れた。

蔦次郎が望むならば、力になってもらおうと思った。

「では、共に参りましょう」

善太郎と蔦次郎は、亀高村の借りている農家の倉庫に入った。刈り取られてそのままになった田圃が濡れている。

「まだ何もありません」

寅之助が言った。見張っているのは、善太郎と蔦次郎、正吉と寅之助、それに大村の配下五人だった。交代で眠る。龕灯や高張提灯、篝火、そして梯子や縄、追跡用の舟などの用意をしていた。

「雨だと、見にくいです」

正吉は、刺股を手にしていた。

船の姿は見えなくても、一刻ごとに川べりまで行って様子を窺うことにしていた。

川面は雨で、小さな波紋を繰り返し拵えていた。時折荷船が、通り過ぎる。

何事もないまま、日が暮れた。それでも雨は止まない。闇の奥から、川の流れの音が響いてきた。

夜四つ頃、正吉は大村配下の侍と二人で倉庫周辺を見回り、闇の小名木川に目をやった。水嵩は増している。明かりは使わない。気づかれれば、近寄ってこないだろうからだ。

何度も歩いているから、地形は頭に入っている。

濡れた土手は滑りやすい。米俵を運ぶのは、容易ではなさそうだ。

「こんな夜に、米俵を積み出すだろうか」

「やりたくないでしょうが、かえって都合がいいと考えるかもしれません」

そんな話をしていると、近寄ってくる船の音が耳に入った。どきりとして音のした闇に目を凝らした。

「…………」

出そうになった声を呑み込んだ。龕灯の明かりが土手を照らしている。大きな黒い影が、船着場に迫っていた。漕ぎ進んで行く気配ではない。

「来た」

正吉は、十王丸だと確信した。急いで善太郎らに知らせなくてはと慌てた。共にいた大村の配下も、慌てたらしかった。

「ああっ」

声を上げてしまった。龕灯が二人の姿を照らした。そして直後、明かりは消えた。そのまま、東へ行ってしまった。目を凝らしたが、闇と雨で、空船かどうか分からなかった。

「まずい」

正吉は、善太郎らのもとへ駆けた。

「どうしましょうか」

小屋にいた善太郎のもとへ、正吉らが駆け込んできた。濡れそぼって、雨水を散らしている。

「十王丸に違いありません」

正吉は、続けた。闇とはいえ、十王丸の船体を、正吉はお波津と共に見に行っていた。

「よし。ともあれ行こう」

そろそろ現れる頃だとは思っていた。蓑笠を手早くつけた。長脇差を腰にした。正吉が手にしているのは刺股だ。長脇差よりも、こちらの方がいいらしい。

振り続く雨の中を、一同は小屋から飛び出した。幸いなことに、闇と雨が姿を隠してくれている。

「もう一度、現れるでしょうか」

正吉は、それを気にした。龕灯に照らされた二人が、捕り方だと考えたら、それでも現れるかどうかは不明だった。

他にも人が潜んでいると見たかもしれない。

土手の闇の中に、身を潜めた。屋根はないから、濡れるに任せるしかない。十月の夜の雨は、じっとしていると冷たさが体に染みた。

息を詰めて、一同は待つ。辛抱強く、半刻ほど待った。しかし現れない。さすがにこの刻限では、他の船も現れなかった。

雨音と川の流れる音だけが、耳に入ってくる。

「もう来ないのか」

正吉が漏らしたとき、善太郎は呟いた。

「船堀村の方へ行ったのではないか」

こちらを怪しいと考えたとしても、それで逃げ出すとは限らない。分散して置いているならば、まずはそちらを持ち出そうと考えるのが自然だ。

「行ってみましょう」

寅之助が言った。向こうには小笠原家の配下が詰めている。とはいえ万全とは言えない。織部茂十郎は、なかなかの遣い手だ。

「急ごう」

あのまま船が進んでいたら、今頃はただならぬことになっているはずだ。やられた、という気持ちもあった。

追跡用として舟は用意していたが、九人は乗れない。またここの見張りも続けなくてはならなかった。

善太郎と寅之助、正吉と蔦次郎が舟で様子を見に行くことにした。

「大丈夫か」

蔦次郎は、顔を強張らせている。米俵は担っても、荒っぽいまねなどしたことのない若旦那だ。

艪は寅之助が握った。闇の小名木川を東に向かう。中川を通り越すとき、舟は大きく揺れた。中川の船番所の明かりが川面を照らしている。それで先の方向の見当がついた。

新川に入った。闇の中に、明かりが見えた。

「おお、あれは」

乱れて動く人の姿も窺えた。

倉庫の姿が見える。その軒下あたりに、篝火が焚かれているらしかった。

船着場には大型船が停まり、倉庫の前の河岸の道では得物を手に争う人の姿があった。泥濘に、すでに倒れている者もいた。

賊とおぼしい者は、みな顔に布を巻いている。その中で、腕のさえを見せている侍が一人いた。対峙する小笠原の侍は、明らかに押されている。

他の小笠原勢も同様だ。

「行くぞ」

「おおっ」

善太郎は、長脇差を抜くと真っ先に船着場へ下り立った。争いの場に駆け寄る。他の者も、後に続いた。

雨の中でも、刀のぶつかる音が響いている。善太郎は、一番の腕利きのもとへ駆け込んだ。小笠原配下の脳天を割ろうとする一撃を撥ね上げた。

「きさま、櫛淵家の織部だな」

刀身を構えて、決めつけるように言った。しかし相手の返答は、喉元を狙って突き込んできた一撃にこめられていた。迷いのない殺人の剣だ。

善太郎も斜め前に出て、その剣を払った。

動きを止めずに、相手の肩を目がけて突こうとした。しかしこちらの小手を打とうとする相手の切っ先の方が早かった。

撥ね上げて、横へ身を飛ばすしかなかった。互いの体には、勢いがついている。交差した後、一間ほどの間を空けて二人は向かい合った。

このとき、周りでは入り乱れての争いになっている。押されていた小笠原一派だが、形勢を盛り返していた。

蔦次郎も、長脇差を抜いて対峙している。けれども善太郎が戦況に目をやっていられたのは、束の間だった。

「くたばれ」

斜め上から、こちらの肩を目指して刀身が降り下ろされてきた。雨が弾き飛んでいる。乱れのない動きで、力がこもっていた。

刀身を前に押し出して、受けるしかなかった。柄を持つ手が痺れて、長脇差を落としそうになったが、必死で握りしめた。

相手の体が、目の前にある。

「やっ」

切っ先を、すり抜けて行こうとする肘を目がけて突き出した。何かに触れた気がしたが、それは相手の袖らしかった。

寸刻の後には、相手の刀身が横に払われてきた。こちらはまだ、突き出した刀身を引き切れていなかった。

仕方なく後ろへ身を引いた。

相手の切っ先は、止まることなく角度を変えて、追いかけて来た。素早い動きだ。こちらを休ませない。

目の先わずかのところまで来た切っ先を、刀身を横に払ってかろうじて凌いだ。しかし善太郎の動きには無理があった。体全体がぶれたのが分かった。

その乱れを、相手は見逃さなかった。半歩前に踏みこみ、上段から刀身を振り下ろそうとしていた。

だがこのとき、切っ先が揺れた。相手は泥濘に足を滑らせたらしかった。

「たあっ」

善太郎はここで、一気に刀を横に払った。

「ううっ」

確かな手応えがあった。相手の右の二の腕を、ざっくりと裁ち割っていた。骨も傷つけた気配があった。体がぐらついて、刀を落とした。

善太郎は駆け寄ると、腕を摑んで足を払った。横転させたところで、脇腹を蹴った。肋骨が折れたのが分かった。これで身動きをできなくさせた。その上で、腰の手拭いで相手の右腕の根元を縛った。止血したのである。

顔の布を剝ぎ取ると、間違いなく織部茂十郎だった。泥濘の中で、呻いている。

そして周囲の様子に目をやった。雨の中で人が争っていた。織部との戦いは厳しく手こずったが、実はそれほど長い間ではなかったのかもしれない。大きな戦況の変化はなかった。

その中で目立ったのは、正吉の刺股だった。賊の一人を壁に押し付けていた。寅之助は刀で賊と立ち合っている。落ち着いた動きに見えた。

「おお」

蔦次郎の姿が目に飛び込んだ。賊の振り回す棍棒に、追い詰められている。膂力がないわけではないが、やはり動きがぎこちない。相手は喧嘩慣れしている様子だった。見ている間にも打ちかかられ、かろうじて躱したが、体がぐらついていた。

このままでは、そう長くはもたない。助勢しようと踏み出したところで、別の賊の一人に襲われた。

「おのれ」

蔦次郎が気になるが、目の前の相手をそのままにはできない。振り下ろされた一撃を撥ね上げて、刀を峰にして胴を抜いた。

手応えがあったが、それに目をやっている暇はなかった。蔦次郎のもとへ向かおうとする。

けれどもこのとき、上段から振り下ろされた一撃が、蔦次郎の肩先を打ち砕こうとしていた。もう、間に合わない。

「くそっ」

叫んだところで、いきなり刺股が雨の中から突き出された。振り下ろされた刀身ごと、賊を突き押したのである。それで体がぐらついた。

蔦次郎は後ろへ身を引いた。正吉が、その賊が体勢を立て直す前に、下腹を蹴り上げた。容赦ない力がこもっていた。

賊はもんどり打って前に倒れた。

善太郎は次に、小笠原の家臣を斬ろうとしていた賊に躍りかかった。賊は相手が侍でも怯まず、力攻めをしていた。

善太郎は、その賊の左の肘を斬った。長脇差を落としたところで、太ももを蹴った。倒れたところを押さえつけると、顔の布を剝いだ。

十王丸船頭の佐五兵衛だった。

小笠原の家臣たちと後から加わった善太郎たちで、賊たちを捕らえることができた。倒れている者も縛り上げた。そして顔の布を剝いだ。

「これは小此木屋の仙蔵だぞ」

「こいつは、若旦那の庄太郎ではないか」

正吉と寅之助が声を上げた。何人か逃げた者はいたが、佐五兵衛と織部、仙蔵と庄太郎を捕らえることができたので、こちらの目的は達せられた。

小笠原と大村のそれぞれの配下が、屋敷へ知らせに走った。賊たちを、深川の鞘番所へ押し込んだ。

十

翌朝は晴天だった。空気は冷たいが清々しい。樹木の紅葉が、一気に深まったかに見えた。

善太郎は自ら姿を見せた小笠原や大村と共に、船堀村と亀高村へ行った。十王丸と米を検めたのである。

「とんでもないことになった」

自分の米だと告げていた篠吉は、顔を青ざめさせていた。不正な米だとは薄々感じていたらしかったが、まさか公儀の年貢米だとは考えなかったようだ。江戸川で火の玉になった船の話は、読売で騒がれたように祟りとか怨霊の仕業などと受け取って、そのまま聞き流していた。

「預かってくれと言ってきたのは、菅原屋伝吉さんでした」

篠吉は白状してから、仙蔵を指さした。先月の二十五日にいきなり現れたとか。

仙蔵は十王丸の動きを知って、伝吉になりすまして米を預けるための依頼に来たことになる。尋ねられたら、自分の米だと言い張るように命じられた。

「倉庫を貸し、少し嘘をつくだけで五両を貰えることになっていました。それに目が眩んだんです」

亀高村で倉庫を貸した百姓も同様だった。仙蔵を、伝吉だと言った。そもそも菅原屋がどういう店なのか、確かめもしなかった。

現場で捕らえられた庄太郎と仙蔵は、佐五兵衛と組んで幸神丸襲撃を企み実行したことを認めた。倉庫の検めがあることを櫛淵から知らされ、米の移動を企んだ。昨夜まず亀高村へ行ったが、船着場近くに不審な者がいた。それで怪しみ船堀村へ回ったと話した。

「そこにも捕り方がいたが、倉庫の戸を開けてしまったので、もう争うしかなかった。助っ人が来なければ、米は捨てても、何とか逃げられると思ったんだが」

仙蔵は唇を嚙んだ。小笠原の手の者は、賊が錠前のかかった倉庫の戸を開けるまで、潜んでいた。移動が昨夜になったのは、佐五兵衛との連絡に手間がかかったからである。

「菅原屋を殺したのは、その方だな」

「あいつは、織部の面通しをされたと聞いて、それですっかり怯えていた。あいつには幸神丸のことは伝えていなかったが、他の人には言えないことをたくさん知っていた。喋(しゃべ)られてはたまらない。だから殺(や)ったんだ」

隠さずに話した。

小此木屋庄右衛門と佐五兵衛は又従兄弟(またいとこ)の関係にあり、ほぼ十年前から、奪った米を買い入れる役目を担っていた。庄右衛門は商いの幅を広げられ、佐五兵衛は荒仕事で銭稼ぎができた。

「仙蔵や庄太郎の言うことは、間違いねえ」

佐五兵衛は捕らえられた以上、悪あがきはしなかった。

「どうせ獄門だろう」

と腹は据わっていた。庄右衛門の身柄も、夜のうちに鞘番所へ移されていた。庄右衛門は初め関与を否定したが、後から入荷する米の仕入れ先を告げることができなかった。現場で捕らえた三人の証言もあったので、白状せざるを得なかった。

櫛淵家では、前から精米は菅原屋でやらせていた。櫛淵左京が勘定吟味役に就任したのは、小此木屋にとっては都合がよいことだった。小此木屋は菅原屋を通して櫛淵家に近づいた。勘定吟味役が、岩鼻(いわはな)陣屋から江戸への年貢米輸送について、情報を持っていることは分かっていた。

仙蔵は、織部に何度か酒を飲ませた。それで櫛淵は猟官のための金子(きんす)を欲しがっていると察しをつけた。織部に話を持ち込んだ。

櫛淵は情報を漏らすだけで、高額の金子を得られる。用心棒には、浪人など雇わず織部を使うことで、秘密が守られるようにした。

最後に小笠原と大村は、織部に当たった。右腕の傷については応急手当てを受けていたが、肋骨(ろっこつ)も一本折られていた。

苦痛に呻(うめ)いていたが、かまわず尋問した。

現場にいた上に、小此木屋と佐五兵衛の証言もあった。大村の問い質(ただ)しに白を切ることはできなかった。

小笠原と大村はここまでの口書を調えて、捕らえた者たちを目付に引き渡した。目付は櫛淵屋敷に配下をやり、左京を捕らえた。

櫛淵は当初織部の独断の犯行としたが、幸神丸の運航について、用人が知っているわけがなかった。櫛淵が漏らさなければ、出航の刻限や警備の状況までは分からない。責められて、関与を認めた。

大村は、小笠原と共に善太郎の労をねぎらった。寅之助は大村屋敷へ帰った。羽前屋へ戻った善太郎は、事の次第をお稲に伝えた。

「日頃の恩返しができましたね」

「そうだな」

一安心、といったところだった。


そして数日後、善太郎は大村から呼び出しを受けた。

行くと大村は、上機嫌で迎えた。用人中里甚左衛門（じんざえもん）と寅之助も同席していた。

「先日の幸神丸襲撃に関する調べでは、手間をかけた」

善太郎はまず、ねぎらいの言葉を受けた。そして櫛淵家の処罰が決まったと告げられた。大事件である。公儀としては、素早い処置だった。

「櫛淵家は断絶の上、左京は佐五兵衛や庄右衛門、仙蔵などと共に獄門となる」

切腹は許されない。それくらい公儀の怒りは大きかった。

「犯した罪を思えば、仕方がないことでございましょう」

納得のゆく処分といっていい。小此木屋は闕所（けっしょ）となる。

それから大村は、話題を変えた。

「近く、お役替えがある」

「さようで」

善太郎にしてみればどうでもいいことだが、一応神妙に頷いた。勘定吟味役が失脚して、新たな者がその役に就いた話だろうと推量したが、そうではなかった。

ここで甚左衛門が、横から口を出した。

「殿様は、近く御普請奉行のお役にお就きになられます」

「それは」

大村は家禄千五百石で、御使番の役に就いていた。御普請奉行は、二千石の役高だ。出世をしたことになる。

「まことに、おめでとうございます」

善太郎は両手をついて頭を下げ、祝意を示した。

もともと大村は能吏だった。役職が上がっても不思議ではない。しかしこの度の沙汰では、幸神丸事件解決の功績も含まれていると感じた。

五百石の加増だ。御普請奉行の役目は重い。

「そこでだが、当家の加増分の米の商いを羽前屋に任せたい」

「…………」

いきなりのことで、すぐには声が出なかった。五百石分の年貢米は、四公六民とすれば五百俵になる。羽前屋の商い量が、一気に増える。

「どうだ」

「ありがたき幸せ」

善太郎は改めて両手をついた。

「その方に一つ頼みがある」

大村は改まった口調で言った。

「ははっ、何事でも」

「寅之助のことだが」

大村は顎で示してから、言葉を続けた。

「こやつ、商人になりたいと申しておる」

「はあ」

それは大村だけでなく、正吉からも聞いた。

「どうだ。羽前屋で預からぬか」

善太郎も旗本を隠居して羽前屋へ入った。だから驚きはしないが、本当にそれでいいのかという気持ちになった。それなりの覚悟がなくてはならない。

「よろしいので」

大村の頼みならば断れない。しかし寅之助の覚悟は聞いておきたかった。

「もとよりでございます」

寅之助が頭を下げた。早速今日から、羽前屋に移らせることにした。

十一

五日が過ぎた。商人の髷に変えた寅之助が、羽前屋の帳場で商い帖に目をやりながら算盤を弾いていた。淀みのない珠音だった。

善太郎は寅之助の帖付けや算盤の腕前を考慮して、手代で受け入れることにした。米俵も難なく担えた。お稲も久之助も、賛同した。もう話をするときには、敬語を使わない。

そこへお波津が訪ねて来た。お稲とお波津は茶を淹れて、台所で話を始めた。善太郎も一緒に茶を飲みながら、そのやり取りを聞くとはなしに聞いた。

「じゃあ、まだ正吉さんは大黒屋にいるわけね」

「ええ、出て行く気配はまったくない」

「米商いが、札差よりも気に入ったのかしら」

「おとっつぁんには、それらしいことを話したらしいけど」

どうでもいいといった口ぶりだ。

「蔦次郎さんが危なかったところを、正吉さんが助けたって聞いたけど」

善太郎がお稲に伝えた。大黒屋でも、その話はした。

「そうらしいけど、あの人は何にもなかったような顔をしている」

「ふうん、いいじゃないの。そういうことを声高に口にする人よりも」

「そりゃあ、そうだけど」

「その人のいろいろなことが分かってくると、見る目は変わる。銀次郎さんだって、初めは何とも思わなかったんでしょ」

「まあ」

お波津はここで、うふふと笑った。

「蔦次郎さんは、お店に来るの」

「そうね。あれから二度来たっけ」

嫌そうではなかった。とはいえ、気持ちが弾んでいるのとも違うようだ。

「あの人が幸神丸の一件に関わったのは、お波津さんと祝言を挙げたかったからじゃあないの」

「さあ、どうかしら」

お稲は気にしていたことだが、お波津はさらりと流した。そして続けた。

「蔦次郎さんが訪ねて来ると、正吉さんとも話をするの。それで笑ったりして」

「気が合うのかしら」

「さあ」

正吉と蔦次郎は、船堀村で共に闘った。加えて歳も近い。気が合ったのだろうと善太郎は思うが、女同士の会話には口を出さない。

「どちらかが祝言の相手になるとしたら、困るわねえ」

お稲はため息を吐いた。二人は、それぞれ自分が婿の候補になっていることは知っている。しかし相手がそうだということは知らない。

「困らないわよ。そうなったらそうなったで。何とかなるから」

銀次郎との一件があってから、お波津は強くなった。残りの茶を飲み干した善太郎は、店に戻った。帳場では、寅之助が相変わらず算盤を弾いていた。

その軽い珠音を耳にして、善太郎は一つのことを思いついた。

「婿候補は、二人だけではないぞ」

ということだった。

寅之助にはまったくその気はないが、歳はお波津と合っている。商人としては蔦次郎や正吉に劣るが、それは今のうちのことだろう。

「伸びしろは大きいぞ」

それは数日の仕事ぶりを見ても感じた。

「おとっつぁんが決めてくれたら、私はそれでいい」

お波津はいつもそう口にしているが、先のことは分からない。いずれ決めなくてはならないが、今日明日のことではなかった。

角次郎もお万季(まき)も、頭を悩ませていることだろう。

本書は書き下ろしです。

新・入り婿侍商い帖
お波津の婿（一）
千野隆司

令和4年 6月25日　初版発行

発行者●堀内大示

発行●株式会社KADOKAWA
〒102-8177　東京都千代田区富士見2-13-3
電話　0570-002-301（ナビダイヤル）

角川文庫 23229

印刷所●株式会社暁印刷
製本所●本間製本株式会社

表紙画●和田三造



●お問い合わせ
https://www.kadokawa.co.jp/（「お問い合わせ」へお進みください）
※内容によっては、お答えできない場合があります。
※サポートは日本国内のみとさせていただきます。
※Japanese text only


ISBN 978-4-04-112448-2　C0193

◇◇◇

# 角川文庫発刊に際して

角川源義

第二次世界大戦の敗北は、軍事力の敗北であった以上に、私たちの若い文化力の敗退であった。私たちの文化が戦争に対して如何に無力であり、単なるあだ花に過ぎなかったかを、私たちは身を以て体験し痛感した。西洋近代文化の摂取にとって、明治以後八十年の歳月は決して短かすぎたとは言えない。にもかかわらず、近代文化の伝統を確立し、自由な批判と柔軟な良識に富む文化層として自らを形成することに私たちは失敗して来た。そしてこれは、各層への文化の普及滲透を任務とする出版人の責任でもあった。

一九四五年以来、私たちは再び振出しに戻り、第一歩から踏み出すことを余儀なくされた。これは大きな不幸ではあるが、反面、これまでの混沌・未熟・歪曲の中にあった我が国の文化に秩序と確たる基礎を齎らすためには絶好の機会でもある。角川書店は、このような祖国の文化的危機にあたり、微力をも顧みず再建の礎石たるべき抱負と決意とをもって出発したが、ここに創立以来の念願を果すべく角川文庫を発刊する。これまで刊行されたあらゆる全集叢書文庫類の長所と短所とを検討し、古今東西の不朽の典籍を、良心的編集のもとに、廉価に、そして書架にふさわしい美本として、多くのひとびとに提供しようとする。しかし私たちは徒らに百科全書的な知識のジレッタントを作ることを目的とせず、あくまで祖国の文化に秩序と再建への道を示し、この文庫を角川書店の栄ある事業として、今後永久に継続発展せしめ、学芸と教養との殿堂として大成せんことを期したい。多くの読書子の愛情ある忠言と支持とによって、この希望と抱負とを完遂せしめられんことを願う。

一九四九年五月三日